BBN
B-BOY NOVELS

キスから始まる除霊と恋

～幽霊屋敷の男爵閣下～

御堂なな子

イラスト／高世ナオキ

この物語はフィクションであり、実際の人物・団体・事件等とは、一切関係ありません。

CONTENTS

キスから始まる除霊と恋

～幽霊屋敷の男爵閣下～

1

「ちょっと。――ちょっと、そこの青いネクタイのお兄さん、寄っておいき」

酔客《すいきゃく》が行き来する夜の街角で、園部航介《そのべこうすけ》は足を止めた。路上で商売をする占い師が、小さなテーブルに肘をつき、指輪だらけの手で数珠《じゅず》を握り締めている。歳を取った女性のようだが、黒いレースのフードをかぶっているせいで、顔はよく見えない。

「すみません、急いでいるので」

「慌てなくても酒は逃げないよ。今夜の宴席はどちらだい？」

「え？　飲み会ではないけど――この通りの突き当たりのビルに用があるんです」

ほう、と占い師は呟《つぶや》いて、フードに半分隠れている目を眇《すが》めた。胡散臭《うさんくさ》そうな黒ずくめの服や、ひどく皺《しわ》の多い瞼《まぶた》が魔女のように見えて、立ち止まったことを後悔したくなる。航介が歩き出そうとすると、占い師はしゃがれた声で言った。

「お兄さん、お気を付けなさい。顔に受難《じゅなん》の相《そう》が出ているよ」

「受難……？」

「今夜はこの通りに、よくない気が満ちている。あんたは行く先で、思わぬ不幸に見舞われるかもしれない」

適当なことを言って、恐怖心を煽《あお》るのが、占い師の常套《じょうとう》手段なのだろうか。親切を装い、人の心の隙間にするりと入り込もうとする、そんな意図が透けて見える。

「悪いけど、オカルトとか迷信とか、非現実的な話は信じないことにしています。占いにも興味ないし、商売をしたいなら他をあたってください」

目に見えるものしか信じないのは、航介の昔からの信条だった。二十三年生きてきて、超常現象に出くわしたこともなければ、霊感の類も一切持っていない。それに、受難の相が出ていると言われて、今夜の大事な仕事をキャンセルするわけにはいかなかった。

「年寄りの忠告は聞いておくもんだ。――お兄さんに、よく効くお守りを差し上げよう」

「困ります。俺は全然、信心深い方じゃないので」

「身に着けておいて損はないよ。さあ、どうぞ」

半ば無理矢理、占い師に手渡されたのは、何かの印が彫り込まれた小さな珠《たま》だった。どんな石でできているのか、真っ黒な珠は、サイズの割に重たい。占い師の目の前で捨てるのは気が引けて、航介はそれを上着のポケットに突っ込んだ。

「ありがとう。ご親切に、どうも」

おせっかいだな、と心の中で思いながら、航介は通りの先へと歩き出す。占い師に背中を向けて、路地を一つ進んだ頃には、彼女のことも黒い珠のことも忘れてしまった。

汗で濡れたシャツが背中に張りつく、夏の名残《なごり》の蒸し暑い夜。月の綺麗《きれい》な季節だというのに、地上の熱気に嫌気がさしたのか、中秋《ちゅうしゅう》の名月《めいげつ》は雲に隠れて出てこない。

真昼のように明るい街、六本木《ろっぽんぎ》の歓楽街は、今夜も喧騒《けんそう》に包まれている。居酒屋やカラオケ店が立ち並ぶ通りには、スマホを手にした若い男女が溢《あふ》れ、遊び足りない顔で次の店を検索している。歩道沿いに客待ちのタクシーが連なる一角では、シャツの襟元を緩めた酔客が、ミニドレスのキャバクラ嬢に見送られているのが目に付いた。

六本木で毎晩のように繰り返されている光景を、通りすがりを装いながら、航介はカメラに収めた。航介の私物の一つである、探偵が調査に使うような極小サイズのカメラは、ネクタイピンにしか見えない。

試し撮りをした連写のデータは、裏通りに停めている航介のバイクのヘルメットホルダーの中の、タブレットへと転送されるようになっている。カメラが問題なく動くことを確かめてから、航介は酔客の間を縫うようにして、一棟の瀟洒《しょうしゃ》なビルへと向かった。

七階建てのそのビルの全フロアを占めるクラブ、『ミネルヴァ』は、会員制の高級店として六本木では知られた存在だ。政財界の大物や著名人が足繁《あししげ》く通い、ゴージャスなホステスたちを侍《はべ》らせて、大人の社交界を築いているという。

プライバシーの保たれた店内は、人目を忍ぶセレブには格好の空間だろう。秘密のベールに包まれたこの『ミネルヴァ』で、今夜とある政治家と人気女優が密会をするという情報が舞い込んだ。そこへ潜入しようと企《たくら》んでいる、まだ駆け出しのフリーカメラマン——それが航介の肩書だった。

（カメラの準備よし。ICレコーダーも万端。今日こそ決定的な一枚を撮って、政治家と女優の真実の姿を突きとめてやる）

写真を撮ることを職業にしている人間が、巷《ちまた》にどのくらいいるだろう。カメラを初めて手にした中学生の頃は、まさか自分がゴシップ誌のカメラマンになって、有名人のスキャンダルを追いかけることになるなんて、思いもしなかった。

仕事中は、スマホも財布も持たずに、できる限りカメラだけを装着することにしている。写真の隠し撮りが常なのは、航介の職業が探偵と共通点が多いからかもしれない。今かけている銀のフレームの眼鏡も、変装用の伊達《だて》眼鏡だ。それがなければ、子供の頃は評判がよかった航介の二重の瞳や、さらりとした黒髪の下にある丸い頬を隠せない。

二十三歳にもなって、夜の街では浮いて見えるほどの童顔を、航介本人は少しも気に入っていなかった。胸板が薄く、百七十センチあるかないかの小柄で細身の体格も、いいと思ったことは一度もない。コンプレックスだらけの外見だから、航介は昔から、自分が被写体になるのは苦手だった。

そんな航介が、中学から大学までずっと写真部で過ごすほど写真にのめり込んだのは、祖父が愛用していた古い一眼レフカメラを譲《ゆず》ってもらったことがきっかけだ。デジカメよりも扱いが難しく、現像も大変だったのに、努力次第でいい写真が撮れる祖父のカメラに、航介はとても魅了された。

カメラの腕前が上がるにつれて、レンズを通して見るものが、航介の世界の大半を占めるようになった。被写体の真実の姿を、ありのまま撮りたいという強い気持ちが、カメラマンになる夢へと繋がっていったのだ。

カメラマンは、単に撮影技術を磨《みが》けばなれるというものじゃない。日々のニュースや出来事に興味を持ち、アンテナを張っておくことが必要だ。大学在学中に始めた出版社のアルバイトは、航介の視野を広げてくれた。

先輩カメラマンのアシスタントをしながら、事件や事故の現場に直面して、真実を撮ることの大切さを学べたのは幸運だったと思う。大学を卒業した航介は、出版社と正式に契約を交わし、晴れてプロのカメラマンの一員になった。でも、配属されたのはゴシップ専門の『週刊パパラッチ』編集部。報道畑からは低俗だと揶揄《やゆ》される芸能誌で、写真一枚につきいくらの歩合制《ぶあいせい》で給料が決まる、不安定な立場に甘んじている。

（写真は嘘をつかない。カメラのレンズは、スキャンダルの向こうにある、人間の本当の姿を写

し出すんだ)

有名人のプライベートを覗《のぞ》き、秘密にフラッシュを当てることに、疑問やジレンマを感じていないわけじゃない。残念ながら、販売部数を上げるためだけに、ゴシップ誌にはでっち上げの記事が載ることもある。だからこそ、航介は心の中ではいつでも、真実を撮るカメラマンでいたいと思っていた。

「――二十三時十五分。そろそろだな」

黒服のガードマンのいるエントランスを避けて、ビルの裏手へと静かに回る。高級クラブ『ミネルヴァ』への出入り口は二箇所あって、裏手の方が人が少ないことは下調べ済みだ。そして、ちょうど今が休憩に入る時間帯で、ガードマンの交代で一瞬の隙ができることも。

裏口が無人なことを視認して、航介は監視カメラから俯《うつむ》き加減に顔を隠しながら、ビルの内部へと潜入した。客を装うために、今夜はほんの数着しか持っていないスーツを身に着けている。人目のあるエレベーターは使わずに、非常階段で移動した航介は、VIP客向けの個室が並ぶフロアへ上った。

この店のどこかで会っているはずの、元総理大臣を祖父に持つ政界のサラブレッド、紫藤陽一《しとうよういち》議員と、ドラマや映画に引っ張りだこの女優、鳴海麻衣子《なるみまいこ》。テレビやネットなどのメディアは、このところ二人の話題で盛り上がっている。

妻子ある紫藤議員との不倫疑惑は、清純派女優で売ってきた鳴海にとっては、イメージダウンが免《まぬか》れない。彼女の所属事務所は、スキャンダルを隠そうとやっきになっていて、マスコミの間では熾烈《しれつ》な取材合戦が繰り広げられていた。

(二人の自宅は、たくさんの芸能記者が張ってる。まさかこの店の中にまで、カメラが追いかけてくるとは思ってないだろう)

クラシックの音楽が流れる店内は、航介が先輩に連れられてたまに行くようなキャバクラとは違い、格調高い雰囲気に包まれている。きらきらと繊細な光彩を放つシャンデリアや、通路に飾ってある品のいいフラワーアレンジメント。目にするものはどれも上質で、セレブ御用達《ごようたし》の会員制クラブにふさわしい。

胸元の隠しカメラが揺れるたび、心臓がどきどきと跳ねるのは、航介が緊張しているからだった。場違いな雰囲気に呑まれそうになりながら進んでいると、通路の奥まった一室の前に、明らかに客ではない出《い》で立ちの男たちがいる。はっと足を止めた航介は、彫刻を施した柱の陰に咄嗟《とっさ》に潜《ひそ》んで、耳に黒いイヤホンをつけている彼らを窺《うかが》った。

(店のガードマンじゃない。あの二人、見たことがある。紫藤議員に帯同しているSPだ。——議員と鳴海麻衣子は、あの部屋の中か?)

代々政治家という特別な家柄のためか、大臣クラスではないのに、紫藤議員は常にSPに守られている。今まさに密会中なのか、これから二人が合流するのか、情報が少なくてすぐには判断できない。航介は無意識に汗をかいた指先で、カメラに触れた。

途切《とぎ》れることのないクラシックの名曲よりも、自分の心臓の音が、やけにうるさい。呼吸がだんだん荒くなって、ただ待っているだけの沈黙に耐えられなくなる。

分厚い個室のドアが並んでいるからだろうか。このフロアに足を踏み入れた時から感じる、重たく張り詰めたような空気はいったい何だろう。ビルの中にそこはかとなく漂っていた、花の甘い香りが、いつの間にか消えている。それに代わって、航介の鼻を刺激しているのは、まるで水の澱《よど》んだ沼のような、嫌な臭いだった。

(妙だな。高級クラブで、これはあり得ない。トイレの配管から下水の臭いでも漏れてるんだろうか)

だんだんと濃くなる臭いに辟易《へきえき》して、航介は鼻を手で押さえた。

すると、時折イヤホンをチェックする以外、微動《びどう》だにしなかったSPたちが、慌ただしく通路を行き来し始める。しばらく様子を窺っていると、彼らはエレベーターホールを見やって、精悍《せいかん》だった表情をいっそう引き締めた。

(あれは……。来た……っ、鳴海麻衣子!)

開いたエレベーターの扉の奥に、すらりとしたスタイルのいい、一人の女性が立っている。航介は反射的に、ＳＰたちの視線の向こうを狙って、カメラのシャッターを切った。ネクタイの生地と指が擦れる微《かす》かな音が、ペースを上げた鼓動に重なる。

映画やドラマで見るより、抑えたメイクで現れた鳴海は、屋内だというのにサングラスをかけていた。濃い色のそれと長い髪で顔を隠しても、華やかな芸能人のオーラは隠し切れていない。

鳴海の来訪を告げるために、ＳＰの一人が個室のドアをノックする。彼女を出迎えに、紫藤議員がドアを開けるのを、航介は固唾《かたず》を呑《の》んで待っていた。

「――お客様？」

決定的な瞬間を求めて、研ぎ澄ましていた航介の神経が、その一瞬緩んだ。背後に黒服の従業員が立っていたことに、まったく気付かなかった。

「何かお困りですか？　お客様」

「え……、い、いや……」

「ご気分がすぐれないようでしたら、こちらへ。レストルームへご案内いたします」

「いえっ、大丈夫です。すみません」

焦《あせ》った指で、ネクタイごとカメラを握り締める。自分が潜入中であることを知られるわけにはいかない。黒服の方を振り返りもせず、航介はその場を立ち去ろうとした。

「お待ちください」

がしっ、と摑まれた肩が痛かった。遠慮のない握力は、航介が不審人物だと認識されてしまった証拠だ。二人の声を聞きつけて、SPたちもこっちを警戒している。いかつい彼らの後ろで、こっそりと鳴海が部屋へ入っていくのを見て、航介は歯嚙みした。

(しまった。最大のチャンスだったのに！)

今更シャッターを切っても、もう遅い。小さなカメラのレンズは、密会現場を撮影できずに、虚《むな》しくネクタイの飾りになっている。航介を捕まえた黒服は、ついさっきまでの丁寧な口調を返上して言った。

「このフロアは特別なお客様以外、立入禁止だ。ここで何をしている」

「別に、酔って迷っただけだ。すぐに自分の席へ戻りますよ」

「それなら、予約の名前は？」

「な、名前っ⁉　え…っと、その」

「見たことのない顔だ。お前、当店のお客様ではないだろう」

「違──」

「不審者を発見したぞ！　誰か！」

どこからともなくガードマンが現れて、航介を羽交《はが》い絞《じ》めにする。黒服と二人がかりで捕《と》らえられた航介は、どうにかして逃げようともがいた。

「い、痛っ、痛いって！　離せよっ。俺は何もしてない！」

「抵抗するな。おとなしく身分証と持ち物を見せろ！」

羽交い絞めにされたまま、服の上からしつこくボディチェックをされる。航介が財布もスマホも持っていなかったことが、かえって相手の不信感を煽《あお》り、有無を言わせない行動へとエスカレートさせた。

「怪しい奴。このままバックヤードへ連れて行け」

「嫌だ――、離してくれ、離せ！」

「騒ぐな。他のお客様の迷惑になる」

「腕を折られたくなかったら、おとなしくついてこい！」

騒ぎに気付いて、通路に客やホステスが集まり出した。必死で抵抗しても、屈強《くっきょう》な黒服とガードマンはびくともしない。好奇の視線が向けられる中、二人は航介を抱えて、素早く店のバックヤードへと消えていく。

潜入に失敗した挙句《あげく》に、素性まで曝《さら》すことになったら、もうカメラマンを続けていけなくなるかもしれない。容赦なく背中側へ捩《ね》じり上げられた腕が、折れそうなほど軋《きし》んでいる。あまりの痛みに顔を歪《ゆが》ませた航介を、黒服たちはバックヤードの奥まった一室へと連行した。

「失礼します。怪しい男を捕らえました」

その部屋に設置されたたくさんのモニターに、店内のあらゆる場所が映し出されている。監視カメラに直結した警備室にしては、ダークブラウンで纏《まと》めたインテリアが洒落《しゃれ》ていた。でも、航介のカメラマンらしい観察眼が活躍できたのは、ここまでだった。

「離してくれよ！　俺は何もしてないって言ってるだろ！」

「静かにしろ！」

思い切り膝の裏を蹴られ、押さえ込まれて、床に崩れ落ちる。二人分の体重に潰されそうになりながら、床に頬を擦らせた航介は、ネクタイピンに仕込んだカメラだけは死守しようと抗《あらが》った。

「――賑《にぎ》やかだな。何事だ」

低い誰かの声が、部屋のどこかから聞こえてくる。顔を伏せていた航介は、相手のことが見えなかった。怒声しか発さない黒服たちとは違い、この部屋にいた誰かは、ゆったりとしたトーンで話している。

「申し訳ありません。この男が貴賓室《きひんしつ》をしきりに窺っておりましたので、拘束しました」

「貴賓室？　酔って迷い込んできたわけではなさそうだが、あまり手荒な真似はやめておけ」

「しかし紅大路《べにおおじ》オーナー、本日あのお部屋は特別なお客様がご使用に――」

「紅大路オーナー、だって？」

航介は驚きながら、思わず呟いた。夜の街を少しでも知っている人間なら、誰でも聞いたことのある実業家の名前だ。

(嘘だろ。あの紅大路グループの紅大路公威《きみたか》が、こんなところにいるなんて)

東京じゅうの繁華街にビルを持ち、高級クラブやバー、レストランなどを経営している紅大路グループ。その全てのオーナーを務め、年商一千億と言われるグループの代表、紅大路公威は、生まれながらの大富豪として有名だ。それもただの資産家ではなく、世が世なら公家《くげ》や華族と呼ばれた、由緒正しい家柄の当主でもあるという。

「おや。私のことを知っているらしいな」

ひしゃげた航介の頬を通して、固い床から、革靴の足音が伝わってくる。そう言えば、この『ミネルヴァ』も紅大路グループが所有する店だったことを、航介は頭の隅で思い出した。

紅大路の声は穏やかなのに、彼の足音が近付いてくるにつれ、刺々《とげとげ》しい空気がぴりぴりと航介の肌を刺す。まるで見えないたくさんの目に囲まれた衆人環視《しゅうじんかんし》の中、針の筵《むしろ》に座らされているようだ。

「君は何者だ？　この店に忍び込んだ目的を言いなさい」

「……………」

そんなこと、正直に答えられるわけがない。航介が口を噤《つぐ》んだままでいると、頭上でくすりと笑われた気配がした。

余裕のある紅大路の様子が、いかにも歓楽街の企業グループを束ねる成功者らしい。無言のままの航介の態度に業《ごう》を煮やした黒服が、荒々しく髪を掴んで顔を上げさせる。

「痛っ……っ」

「質問に答えろ。オーナーの前で無礼だぞ」

ぐらりと揺れた航介の視界に映ったのは、見るからに上等なスーツを当たり前のように着こなす、大人の男性だった。紅大路の年齢は三十代半ばくらいだろうか。青年実業家という肩書がぴったりの、思わず見惚れてしまうほど堂々とした印象の人だ。

(雲の上の立場なのに、オーナー自ら、店に顔を出すこともあるのか。実物を見られるとは思わなかった)

床に這いつくばったまま、航介は長身の彼を見上げた。部屋の天井の明かりが反射しているのか、スーツ姿の全身がきらきらと輝いている。その眩《まばゆ》さで紅大路の顔がよく見えなくて、航介は目を擦りたくなった。

「あの、紅大路さん、拘束を解いてもらえませんか。変な言いがかりをつけられて、こっちは迷惑しているんです」

「こいつ、図々しいことを！」

「待て」

今にも殴りかかってきそうな黒服を、紅大路が短い一言で制する。彼は静かな視線を寄越《よこ》してきて、航介のことをたっぷりと時間をかけて見つめた。

「君は——おもしろいな」

「え?」

思いもしない言葉が、航介の鼓膜を震わせた。ふわりと、紅大路の方からいい匂いがしてくる。そう言えば、このフロアに漂っていた下水のような臭いはどこへ消えたのだろう。紅大路がスーツの膝を折り、身を屈《かが》ませた拍子に、薔薇《ばら》の花のような甘い香りが部屋に満ちた。

「おもしろいと言うより、珍しいのか。いや、変わっていると言うべきか」

「な、何ですか、いったい」

高級クラブが似合わない、場違いな奴とでも言いたいのだろうか。意味不明なことを囁きながら、紅大路が不意に右手を伸ばしてくる。彼の長い指先に、優雅な仕草《しぐさ》で顎《あご》を掬われて、航介は言葉を失った。

(……うわ……っ、近い——)

至近距離で見た紅大路の、端整な顔立ち。濡れたように艶めく黒髪と、すべらかな額から続く高い鼻梁《びりょう》。彫りの深い眼窩《がんか》から向けられる視線は、優しげで穏やかなのに、おいそれと見返せないほど気品がある。

（街中で擦れ違ったら、カメラで追ったかもしれない。こんな人、本当にいるんだ）

平安貴族を先祖に持つ、由緒正しい家柄というのは、顔立ち一つにも表れるらしい。紅大路は血筋も高貴で、育った環境も間違いなく上流階級という、航介とは住む世界が違う人。誰もが一目を置く、完成された大人の男とは、きっと彼のような人のことを言うのだろう。

「オーナー、お下がりください。尋問は我々にお任せを。厳しく締め上げてやりましょう」

「手荒な真似はするなと言った。ここはもういいから、君たちは通常業務に戻れ」

「危険です。オーナーの身に何かあっては、我々の責任問題になります」

ほう、と呟くように言って、紅大路は黒服の方を見た。一瞬、彼の周りだけ空気が冷えたような気がしたのは、錯覚だろうか。

「私に危害を加えることのできる人間が、本当にいると思っているのか？」

立派な大人の男だと思ったのに、随分《ずいぶん》と傲慢《ごうまん》な物言いをする人だ。ゆったりとした品のいい口調だから、余計に辛辣《しんらつ》に感じる。反発心を覚えた航介とは反対に、黒服は青ざめた顔をしてたじろいだ。

「し…っ、失礼いたしましたっ。行くぞ」

隣にいたガードマンを急《せ》き立てるようにして、黒服が部屋を出て行く。やっと両腕が自由になったのに、背中側に捩じられていたせいで、痛みが引かない。航介は床に蹲《うずくま》ったまま、だらりと両腕を垂らして喘いだ。

「部下の振る舞いを許してやってほしい。この店の安全を守ることが、彼らの仕事だ」

紅大路はそう言いながら、スーツの胸ポケットに手をやった。山折りにしていたチーフを引き抜いて、徐《おもむろ》に航介の頬に宛《あて》がってくる。

「……え……、あ、あの……」

「頬が汚れている。床と擦れてついたんだろう、じっとしていなさい」

ふと紅大路は、航介の左隣に流し目をした。まるでそこに、誰かが立っているかのように、微笑みを湛《たた》えて頷《うなず》いている。

「傷ではないから、心配はいらないよ」

真っ白なチーフに頬を拭われて、何故だかむしょうに居心地が悪かった。紅大路のさっきの傲慢な発言と、細やかな気遣いをしてくれるところが、どうにもちぐはぐだ。

(怖い人では、ないってことか？　何だか、よく分からない、摑めない人だな)

紅大路のことをもっとよく知りたくて、彼の顔を覗き込んでみると、目と目が合った。

探り合いの沈黙は、侵入者の航介の方が分《ぶ》が悪い。視線を外したいのに、紅大路に見つめられると、黒い目に吸い寄せられて身動きができなくなる。おかしい。手足を縛られているわけでもないのに、指一本自由にならない。まるで金縛りにあったかのようだ。

「さて、さっきの質問の続きだ。素性を明かせない不審者を、簡単に解き放つことはできない。君の名と、ここへ来た目的を言いなさい」

密会現場を撮影するためだと、真実を打ち明けたら、きっと手ひどい制裁が待っている。会員制の高級クラブを謳《うた》っていても、バックに恐ろしい暴力団が絡んでいるかもしれない。そんな店は六本木に腐るほどある。自分の身を守るために、航介は口を閉ざした。

「なかなか強情だな」

紅大路は軽い溜息をついて、ゆっくりと立ち上がった。彼にそうされると、目の前に大きな壁が聳《そび》えたようで、ますます迫力がある。

「できれば君自身の口から、自己紹介をしてほしかったよ。——園部航介くん」

はっ、と航介は息を呑んだ。身分証も何も見ずに、どうして本名が分かったのだろう。航介と紅大路に面識はない。今夜が正真正銘《しょうしんしょうめい》の初対面だ。

「歳は二十三、か。見た目以上に若いな」

「ちょっ……！」

「都内のアパートで一人暮らし。家族は両親と、高校生の妹がいるのか」

「やめてください。何で——何なんですか、いったい」

「職業は出版社と契約しているフリーのカメラマン？　不安定な待遇で、随分苦労を強《し》いられているようだね」

「待ってくれ！　当てずっぽうにしたって無理がある。あなたどうして俺のことを」

ひょっとして、この店に侵入した時点から、要注意人物だとマークされていたのだろうか。VIP客を守るために、適当に泳がせておいて、こちらの素性を調べる時間を稼いでいたとしたら納得がいく。

驚きと警戒心で、航介の髪が逆立った。臆病な動物が懸命に威嚇《いかく》するような、情けない態度に見えたのか、紅大路は軽く笑った。

「当てずっぽうではないよ。何々、君の主な活躍の場は『週刊パパラッチ』。私は未読だが、ゴシップ誌の類だな。――なるほど、この店には何らかの取材で来たと」

「い、いや、俺は」

「残念ながら、マスコミ関係者の出入りは固く禁じている。ここには写真一枚すら撮られては困るお客様が多いのでね」

雑誌名まで言い当てられたら、もう何も弁解できない。ぐうの音《ね》も出なくなった航介は、床にへたり込んだまま、茫然《ぼうぜん》とするしかなかった。

「私の言ったことに、間違いはあるか？」

「ない、です……。でも、あり得ない。いったいどこで俺のことを調べたんですか」

「調べなどしないよ。君のことは、彼が何でも教えてくれる」

「彼――?」

「君のそばにいる彼だ。そうだね?」

まるで誰かが、「はい」とでも応《こた》えたかのように、紅大路が頷いている。はっきり言って、気味が悪い。航介に見えないものが、彼にだけ見えているようだ。

「へ、変な冗談はやめてください。尋問がしたいなら、普通にしたらどうですか」

ぞぞっ、と背中に走った寒気が、航介を早口にさせる。紅大路とはまともに会話ができない。気味の悪いことばかり言って、こっちが困惑するのを楽しんでいるのかもしれない。

「さっきまで、強情に口を閉ざしていたのは誰だ。君は彼の気配すら感じないのか? よほど鈍感なんだな」

「鈍感って……」

「強く慕われていながら、惜しいことだ。この部屋に連行される前から、ずっと彼は君の隣に寄り添っているのに」

「はっ!?」

紅大路の視線を追って、慌てて左側を見てみる。当たり前だが誰もいない。人をからかうにしても、限度があるだろう。

「さっきから、あなたは何を訳の分からないことを言ってるんですか。彼って何です。俺にはまったく見えませんよ！」

逆ギレしている自覚はあった。自分が勝手に忍び込んでおいて、怒鳴る権利は微塵《みじん》もないと思う。でも、紅大路の意味不明の言動に、苛々《いらいら》がつのって、大声を上げずにはいられない。

「――仕方がない」

すると、長いスーツの腕が伸びてきて、航介は胸倉を掴まれた。抗うことのできない、強い力で引き寄せられて面食らう。整った紅大路の顔が、いきなり迫ってきたかと思うと、航介の目の前は真っ白になった。

（…え……っ）

時間が止まったその瞬間、カメラのフラッシュに似た光とともに、航介の唇に何かが触れた。とても冷たくて、しっとりとした柔らかなものが、口を塞《ふさ》いでいる。呆気《あっけ》に取られている間に、酸欠で苦しくなってきた。何度目かの瞬きの後、酸素を奪っているのが紅大路の唇だと、やっと気付いた。

「な……っ!?　やめろ……っ！」

航介は反射的に、紅大路を突き飛ばした。氷に触れられたように唇が冷たい。フラッシュの残像で両目がちかちかする。紅大路の暴挙が理解できなくて、航介はパニックを起こした。

「何考えてんだ！　馬鹿かあんた！」

口汚くなったことを、顧《かえり》みる余裕もない。彼を罵《ののし》るためのありとあらゆる言葉が、頭の中を駆け廻《めぐ》っている。でも、航介は混乱し過ぎて、それらの何分の一も言えなかった。

「馬鹿とは辛辣な。そう慌てることはない、必要に迫られた処置だ」

「処置!?　ひ、ひ、人にキスしといて、冷静に言わないでくれ」

「触れただけでキスとは言わないだろう。今のは単なる接触だよ、園部くん」

「だから何で俺の名前を知ってんだ……っ！」

「親切な彼が教えてくれたからだ。——ほら、もう待ち切れなくて、君のことを一心に見上げているよ」

「……ええ……っ」

ひどくなった寒気が、ぞくぞくっ、と航介の体を駆け抜けた。真顔で変なことばかり言う紅大路が、怖くて仕方ない。得体の知れない彼から離れようと、冷や汗をかきながら後ずさった航介に、突然大きな鳴き声が聞こえてきた。

「わんっ！」

「うわっ！」

「わんっ、あんあんっ、きゃうんっ！」

犬の鳴き声が、二人きりのはずの部屋に響き渡る。いかにもやんちゃな性格の犬が、元気いっぱいにはしゃぎ、飛び跳ねて駆け回っている時の声だ。航介もずっと昔、そんな柴犬を飼っていたことがある。

「どうして、こんなところに、犬が」

航介はおそるおそる、鳴き声のする方へ顔を向けた。と同時に、べろべろべろっ、と頬や顎を舐められた。

「えっ！　な……っ！　ま、待て待て、お座りっ！　お座り！」

航介目がけて飛びかかってきた犬は、千切《ちぎ》れそうなほど尻尾を振りながら、はっ、はっと忙《せわ》しなく舌を動かしている。でも、変だ。顔じゅうを舐められた感覚はあったのに、実際は何もされていない。犬の舌は航介を素通りして、中空を上下左右に動き回っているだけだ。

「お座りしろって！　もう……っ、どこの犬だよ、お前は！」

航介の周りを駆けるたび、くるんと巻いた犬の尻尾が嬉しそうに跳ねている。愛嬌《あいきょう》のあるその尻尾を見ただけで、航介には犬種がすぐに分かった。

「赤茶の柴犬だ。でも、お前の毛の色、すごく薄い――」

よく目を凝《こ》らしてみると、犬の輪郭《りんかく》は曖昧《あいまい》で、向こう側の部屋の景色が透けて見える。まるで実写に合成したホログラムのように、犬だけが半透明に明るく輝いて、非現実的な姿をしているのだ。

「何だ？　どうなってるんだ、これ」

どこかから映像が投影されているとしても、犬の動きはリアルな犬そのもので、ちゃんと立体感がある。

好奇心に駆られた航介は、立ち上がって不思議なその犬へと右手を伸ばした。犬は待ってましたとばかりに、床に体を投げ出して、心を許した相手にしか動物が見せないお腹を見せた。

「……そんな……馬鹿な。うちの犬と、そっくりだ……っ」

白い毛に覆われた無防備なお腹に、一箇所だけ、ほくろのような黒い毛がある。子供の頃の遊び相手だった愛犬が、そこを撫でるととても喜んでいたことを、航介はよく覚えていた。

「お前、もしかして……コロか？」

「くうん」

「うちで飼ってた、俺が大好きだった、コロなのか――？」

「わうんっ！」

犬が、返事をした。そうだよ、と言っている。お腹を見せるポーズから、四本の脚でしっかり立つ凛々《りり》しいポーズに戻って、航介に尻尾を振っている。

「コロ！」

「わん！」

航介が五歳の時に亡くなったはずの、オスの柴犬のコロ。コロは当時十歳を超えていて、まるで弟を守るように、いつも航介に寄り添っていた。散歩にもよく一緒に行ったし、ボール遊びの好きなコロと、芝生のドッグランで一日中過ごしたりした。亡くなってからも忘れたことがない、コロは航介の大切な家族であり、一番の友達だったのだ。

「どうして？　どうしてお前が、ここにいるんだ。コロはずっと前に死んだのに」

「あうん、あんあんっ」

「コロ……っ、本当に、本当にお前だよな？　俺、夢を見てるのか？　コロ、どういうことなのか教えてくれよ、なあコロ」

「わふっ、くうん、くうん」

コロの姿は見えるのに、言葉を交わせないことがもどかしい。子供の頃も、自分が犬語を話せたらどんなにいいかと、何度も思った。

コロが生き返ることなんて、絶対にない。冷静に考えなくても、それが現実だと分かっている。でも、生きていた頃と同じ甘えた瞳で、自分を見上げているコロを、いったいどう理解すればいいのだろう。

「混乱しているようだね」

紅大路に肩を叩かれて、航介は我に返った。彼に突然キスをされた衝撃は、とっくにどこかへ吹き飛んでいて、コロのことしか今の航介の頭にはなかった。

「紅大路さん、俺はいったい、何を見ているんですか？　あなたにも、ここにいる柴犬が見えますか？」

「勿論《もちろん》。私に君のことを教えてくれたのは、彼だ」

「……え……？」

「彼が君に、存在を気付いていてほしがっていたから、私がその願いを叶えた」

「コロが、あなたに？」

「彼は故《ゆえ》あって、この世に留まった死者。よほど飼い主の君を愛しているんだろう。肉体を失っても、生前の姿のまま、こうして君に寄り添っている」

「じ、じゃあ、このコロは、幽霊だとでも言うんですか」

「俗に言えば、そうだ。私は彼のような存在のことを、霊体と呼んでいるが」

「――コロが、幽霊になって、俺のそばに……？」

嘘だろう、と言い返すつもりが、喉が詰まって声が出なかった。紅大路の言葉を信じるとか、信じないとか、そんな次元じゃない。もう一度コロに会えた驚きと、その百倍の嬉しさで、ぐちゃぐちゃに混乱している頭を整理できなかった。

「でも、紅大路さん、俺は今まで、コロのことに気付かなかった。他の幽霊が見えたことも一度もないのに、急に見えるなんておかしい」

「それは、私の力を、ほんの少し君に分け与えたからだ」

「あなたの力？」

「仮に霊力とでも言おうか。うちは霊的なものに縁の深い家系でね。私が接触をすると、その相手も霊力の一部を使うことができるようになる」

「接触って……まさか」

唇に、紅大路にされたキスの感触が蘇《よみがえ》ってきて、航介は慌てた。

氷に触れられたように、とても冷たかった彼の唇。ぞくぞくっ、とまた航介の体に寒気が走る。

「納得できません。と、突然あんなことされて、こっちはびっくりしましたよ！」

「君の意志を無視した形になってすまない。彼のことが、あまりに不憫《ふびん》でね」

紅大路は染み入るような声音でそう言うと、コロに優しい眼差《まなざ》しを向けた。

「愛した飼い主のそばにいても、存在に気付いてもらえないのは悲しいことだ。君に霊力があれば、もっと早く彼と再会できたはずだよ」

「そんな――」

言葉を失くした航介のそばから、コロが紅大路の方へと駆け寄り、スラックスの膝に頬擦りをしている。信頼し切ったコロのその仕草を見なければ、紅大路の話を鵜呑《うの》みにはしなかっただろう。

コロはただのペットとは違う、家族を守る使命感を持った犬だった。コロが亡くなった時のことは、航介の記憶に鮮明に焼きついている。真夜中に起きた火事で、一人家の中で逃げ遅れた航介を、コロは果敢《かかん》に助け出してくれた。でも、コロは焼け落ちた柱や梁《はり》に挟まれて、逃げることができなかった。

(コロは、俺の身代わりになって死んだんだ。つらい思いをさせたから、恨まれても仕方がないと思ってた)

時々、夢の中に出てきたコロは、尻尾を振って航介に微笑みかけていた。航介を守った立派な犬だと、周りの人は褒めてくれたけれど、コロはもういないんだと思うたび、航介は涙が止まらなくなった。航介があまりに頼りない飼い主だから、コロは天国へ行けずに、この世に留まったのかもしれない。

「コロ。俺のことを、本当は怒ってるんだろ」

「くうん?」

「お前が幽霊になったのは、俺のせいだ。俺があの時、早く逃げていたら、お前はもっと長く生きられたのに」

コロはきょとんとした顔で、小首を傾げた。いたずらが過ぎて航介が両親に叱られた時、一人しょんぼりしていると、コロは決まってそばに来てこの顔をした。そして航介の膝に乗ってきて、元気になるまでぺろぺろ頰を舐めてくれたのだ。

「……本当に、生きてる頃のまんまだ……」

昔と同じように、航介はコロの頭を撫でようとした。でも、伸ばした指先はコロの透けている毛を素通りして、空気を摑んでしまう。何度試しても、航介はコロに触れることができなかった。

(姿は見えるのに、やっぱり、そう都合よくはいかないんだな)

思いっ切りコロを撫でてやりたくても、実体のない幽霊と人間は、お互いに触れ合えないのだろう。切ない想いを抱きながら、航介はぎゅっと自分の手を握り締めた。

「心配しなくても、彼は君のことを恨んでなどいないよ」

「えっ……」

紅大路が、じっとコロの瞳を覗き込んでいる。検分するように、まっすぐにコロを見つめる眼差しが、不思議と温かい。

「やはり、彼には負の感情が微塵もない。あるのは君への愛情と、純粋な思慕だけだ」

「紅大路さん」

「強い憎悪や未練を残した死者が、霊体になることはよくある。だが、飼い主のそばにいるために、この世に留まったペットに出会ったのは、初めてだ。――君はいい子だな」

紅大路は温かな眼差しをしたまま、コロの頭を撫でた。普通の犬をかわいがるように、よしよし、と。航介は驚いて、思わず大きな声を出した。

「あなたはコロに触れるんですか⁉」

「ああ。高い霊力を持っていれば誰でもできる。君は彼が透けて見えているだろう」

「は、はい」

「私の目には、生体と何も変わらない姿に見える。霊力の違いによって、霊体との関わり方も違うというわけだ」

「俺にも、あなたみたいな力があれば……」

コロに触れられる紅大路のことが、航介は心底羨《うらや》ましかった。いったい彼は、どれほど強い力を持っているのだろう。彼にあって自分にはない、霊力とは何なのだろう。

オカルトは信じないはずだったのに、紅大路のことをもっと知りたくなる。胸が高鳴るようなこの感覚は、絶好の被写体を見付けた時の、カメラのシャッターを切る感覚に似ていた。夜の街で成功した実業家の、隠されていたもう一つの顔を、もっと覗いてみたい。

「あなたが幽霊について、とても詳しいことは分かりました。でも、霊力を人に与えたり、……その……与える方法とか、俺には理解できないことだらけです。あなたはいったい、何者なんですか」

「難しい質問だな」

コロを撫でていた手を、そっと下ろして、紅大路は呟いた。

「人に見えないものが見えることを、疑問に思ったことはない。私の家ではそれが当たり前だった。きっと陰陽師《おんみょうじ》として名を馳《は》せた先祖から続く、特異な血筋のせいだろう」

「陰陽師？　映画や小説によく出てくる、悪霊や妖怪を退治する、あの？」

「ああ。先祖は随分活躍したようだが、今の時代には少々持て余す力だ。公言する気はないから、君も内密に」

少なくとも、航介が今まで出会ってきた人の中に、陰陽師はいない。紅大路がこうして自ら名乗らなければ、陰陽師が実在することを、知らないままでいたはずだ。

「い…言いふらしたりしませんよ。あなたが幽霊を見る力を持っていても、きっと誰も信じませんそれに、陰陽師とか、何だか怖いじゃないですか。俺もコロ以外の幽霊を見たいとは思いません」

カメラを通して、目の前に存在するものを撮り続けてきた航介が、見えないものを在《あ》ると認識するのは難しい。コロのことだけで、航介の許容量はもう満杯だった。

「未知な事象に対して、恐怖心を抱くのはもっともだ。たいていの人間は、霊体に接すると私のことを怖がって離れていく。慣れているから、君も気にしなくて結構だよ」

ことなげに言った紅大路の横顔に、笑みが浮かんでいる。大人の男性らしい、端整な笑顔なのに、少し寂しそうに見えたのは気のせいだろうか。

「私の話を信じるか信じないかは、君の自由だ。——それより、君はどうやら愛犬だけでなく、厄介《やっかい》なものまで連れて来てしまったようだな」

「厄介なもの？」

航介を見つめる紅大路の瞳が、俄《にわか》に険しくなる。穏やかだった眼差しは、きつく射《い》るようなそれに取って代わり、彼の体じゅうに緊張が走るのが分かった。

「ウウウウウッ、ウウウウウッ」

「コロ？」

突然、航介の足元から飛び退り、コロが唸《うな》り出した。人懐っこくて優しい性格のコロは、生前めったに唸ったり吠えたりすることはなかったのに。強い警戒感を示した尻尾をぶるんと振り立て、何故だか航介のことを睨《にら》んでいる。

「どうしたんだ？　コロ、そんなに怖い顔をして」

「ウオォン！」

牙を剝《む》いて吠えかかるコロに、航介は慄《おのの》いた。さっきまでの、甘えてじゃれついていたコロとはまるで違う。

「コロ……っ？」

「落ち着いて。園部くん、君の周りに禍々《まがまが》しい気を感じる」

「えっ、脅かさないでくださいよ。何かいるんですか！」

「静かに。これは霊体が発する瘴気《しょうき》だ。心を乱したら、君はひといきに呑み込まれるぞ」

航介に向かって、ウウウウ、とまたコロが唸っている。コロに敵意を向けられたら、どうしていいのか分からない。航介は煙や霧を払うように、両手を大きく振りながら、見えない何かから逃れようとした。

「紅大路さん、冗談なんでしょう？　いいかげん勘弁してください。俺を怖がらせたって何もいいことないですよ」

「園部くん、冷静になれ。そこから動くな」

「本当にやめてくださいって――」

「ワンワンワン！　ワオオオオン！」

コロの大きな鳴き声が、部屋じゅうに響き渡った。怒りに全身の毛を震わせ、勇ましく牙を煌《きら》めかせながら、コロが飛びかかってくる。航介は身の危険を感じて、思わず床に尻餅をついた。

「やめろ、コロ！　何するんだ！」

「ウウウッ！　ウワンワン！」

倒れた拍子に、上着のポケットから零《こぼ》れた何かが、カツン、と床に落ちる。足元を転がる小さな珠を見て、航介は息を呑んだ。

（ここへ来る途中に、変な占い師にもらった珠だ）

今の今まで、存在すら忘れていた黒い珠。老婆のように見えた占い師は、それをお守りだと言っていた。

『……見付ケタ……』

どこからともなく、不気味な声が聞こえてくる。空調の風が急に寒く感じられて、航介は小柄な体をいっそう縮こめた。

「な、何だ、今の」

「ウウウウ！　ウワン！」

牙を剥き出しにしたコロが、航介を守るように立ちはだかり、珠に向かって吠えている。コロの敵意は、航介に対してではなかった。床に鎮座《ちんざ》する漆黒の珠へ、今にも咬みつこうとしているコロを、紅大路は制した。

「君たちは下がれ。その珠にけして触れるな」

「紅大路さん!?」

『オオ、おお、コノ声、コノ匂い。――ヤット我が前に現レたカ。紅大路』

地鳴りの音に似た、鼓膜を直に振動させる低い声。部屋の一角に並んでいた監視カメラのモニターが、バツン、バツン、バツン、とショートしたように映像を停止する。航介がはっとして振り向くと、何の変哲もない珠から、黒い影が怒涛《どとう》のように噴き出してきた。

「ひ……っ!」

「ワンワンワンワン!」

「気を付けろ。霊体が姿を現した」

「霊体――? この影も、幽霊なんですか!?」

「君には影にしか見えないだろうが、人に危害を加える怨霊《おんりょう》の類だ。私から離れていろ」

天井まで達した影は、呪いの言葉とともに四方に広がり、部屋のほとんどを覆い尽くした。ドアも窓も影に遮られ、あっという間に逃げ道を断たれる。

『紅大路、百年ノ昔、同胞はオ前の血筋ノ者に滅ボされタ。代わりニお前ノ魂《たましい》を寄越セ』

「断る。先祖が受けた恨みに、いちいち付き合っていてはきりがない」

『憎キ陰陽師の総領め。オ前とその人間ヲ喰ッテ、恨みヲ晴らしてヤル』

理解を超えたものへの本能的な恐怖が、航介の髪の先まで凍りつかせた。しゃべる影が生き物のように蠢《うごめ》く、超常現象の真っ只中に放り出されて、何もできない。すると、黒く閉ざされていく視界の底で、瞬きさえも忘れていた航介の前に、紅大路のスーツの背中が翻《ひるがえ》った。

「やめておけ。迷える魂、お前の在るべき場所へ帰れ」

凛《りん》とした紅大路の声は、震え切った航介の耳にもよく届いた。彼は黒々とした影を真正面から見据え、一歩も引かない。

『黙れ、黙レ！　同胞ノ仇《かたき》、呪わレロ！』

激しい敵意が、生臭い風となって紅大路に吹きつける。変幻自在の影は、巨大な二本の手を形作り、紅大路を握り潰そうと襲いかかってきた。

ごうごうと吹き荒れる敵意の嵐で、まともに目を開けていられない。為す術もなく床に伏せた航介は、透けたコロの体の向こうで、紅大路が右手をゆらりと中空に上げたのを見た。

「——愚か者。百年先まで眠っていろ」

長く伸ばした紅大路の指先が、優雅な仕草で三日月型の弧《こ》を描く。彼に見惚れていた航介の顔を、きらきらとした光が照らし出した。眩いそれの源《みなもと》は、いつの間にか紅大路の右手に握られていた、一振りの日本刀だった。

「艮の太刀《うしとらのたち》、『霧緒《きりお》』、参る」

直刃《すぐは》の刀身から、銀色の輝きが迸《ほとばし》るような、美しい太刀。『霧緒』とはその太刀の名称だろうか。紅大路が鋭く腕を振り下ろすと、光り輝く太刀は影を切り裂き、耳を劈《つんざ》く悲鳴を上げさせた。

『ギアアアアアアッ！』

太刀の光に焼け爛《ただ》れ、のたうち回る影の動きが、航介にも見える。全身から冷たい汗が噴き出るほど恐ろしい光景なのに、目を逸《そ》らすことができない。涼やかな眼差しで影を見つめ、太刀を握って雄々しく立つ、紅大路の姿からも。

（どうして、この人は平然としていられるんだ。本当に本物の、陰陽師だからなのか）

幽霊を信じないのと同じように、航介は陰陽師の存在も、物語の中のフィクションだと思っていた。でも、闇を裂く一筋の閃光《せんこう》のような、紅大路が持つ太刀は、航介が信じていた常識や既成《きせい》概念《がいねん》をも粉々にした。

「仇を討てずに、残念だったな」

紅大路の手が、ゆっくりと柄を離す。すると、太刀はひとりでに光の粒に形を変えて拡散し、影をまるごと包み込んだ。

『悔シヤ……、悔シヤ……。紅大路、憎キその名ヲ、けして忘レヌぞ……！』

光に取り込まれ、苦悶《くもん》の声を上げながら、影が小さくなっていく。紅大路は床に転がっていた黒い珠を拾い上げ、影へと向かって、それを差し出した。

「お前の住処《すみか》だ」

「おのれェェェェ！」

「現世を彷徨《さまよ》う儚《はかな》き者、古《いにしえ》より祓《はら》いの血統を賜《たまわ》った、紅大路の名のもとに封じられよ」

古い時代の言葉のような、静かな呪文を紅大路は唱《とな》えた。光に捕らえられ、もがき続けていた影が、渦巻《うずま》き状になって珠へと吸い込まれていく。

きっと、その珠の中に怨霊を閉じ込めておく、陰陽師の術なのだろう。航介の手は無意識に、自分の胸元のネクタイへと伸びていた。音の鳴らない隠しカメラで、何度も何度もシャッターを切る。怨霊を陰陽師が退治する、まるで映画のようなこの光景を、写真に残しておきたかった。

「――こんなものを使って侵入してくるとは。油断も隙もない」

影を閉じ込めた珠を、掌《てのひら》に強く握り締めて、紅大路は呟いた。航介がふと気付くと、真っ暗だった部屋に、天井の明かりが戻っている。影が消え去ったと同時に、モニターが並ぶ一角も、瀟《しょう》洒《しゃ》なインテリアも、まるで何も起きなかったように元通りになった。

「あんなにすごい風が吹き荒れていたのに、モニター一つ、壊れていないなんて」

「怨霊の襲撃に備えて、ビルごと強力な術をかけてある。どんなに暴れても、この部屋の外には、物音すら漏れていないよ」

「あ……、そう言えば、警備員も来なかったな……」

航介は、ネクタイの結び目にまで染みていた汗を拭って、愕然《がくぜん》とした。どんな術をかけているのか分からないが、それが必要なほど、紅大路はきっと何度も怨霊に襲われているのだ。

あの影が放った、呪いの言葉一つを思い出してもぞっとする。自分だったら、恐ろしい霊に悪意を向けられて、紅大路のように平然としてはいられない。また震え始めた体を丸めていると、航介を心配するように、コロが駆け寄ってきた。

「くうん。きゅうん」

「大丈夫だよ、コロ。またお前に助けてもらった。さっきはありがとう」

「あんっ」

昔と変わらない、コロの元気な声を聞いて、少しだけほっとした。コロがポケットに入っていた珠に気付かせてくれなかったら、今頃航介はどうなっていたか分からない。

「本当に驚いた。まさか珠の中から、怨霊が出てくるとは思わなかったよ」

「園部くん。君はこの珠を、どこで手に入れた？」

「通りすがりに占い師がくれたんです。受難の相が出ているから、お守りにしろって」

航介が正直に答えると、紅大路は呆《あき》れた、と言わんばかりの顔をして溜息をついた。

「君は体《てい》よく、運び屋にされたようだ」

「運び屋――？」

「その占い師は怨霊の分身か、手下のような存在だろう。さっきの怨霊は君を使い、珠を隠れ蓑《みの》にしてここへ忍び込んだんだ」

「じ、じゃあ、占い師は最初から利用するつもりで、俺に声をかけたということですか？」

「君のような霊力の素養のない人間に、結界の術は効かない。侵入手段としては、有効なやり方だ」

「霊が、生きている人間をそんな風に使うなんて」

「信じられないか？　だが、深い恨みを持つ怨霊は、復讐のために手段を選ばない。私を含め、代々の紅大路家の者は、降りかかる火の粉を払うために陰陽道を極めてきた」

掌の上の珠を、もう一度握り締めて、紅大路はそう言った。

怨霊と対峙《たいじ》すれば、それだけ恨みを買う。先祖が受けた恨みが、子孫にまで影響するのは理不尽だ。それをさも当然のように受け止めて、怨霊を退けた紅大路は、航介には別の世界に住んでいる人に思えた。

(誰に言っても、きっと信じてくれない。この人のことも、怨霊のことも、コロのことも。でも、俺がこの目で見たことは現実なんだ)

証拠写真を撮ったカメラが、航介のネクタイの陰で揺れている。議員と女優の密会現場を撮りに来たのに、あてが外れてしまった。でも、不思議と後悔はなかった。きっとスキャンダル写真よりも貴重なものが撮れているだろう。

「この珠は私が預かっておく。然《しか》るべき術をかけて、君に二度と害を為さないようにしておこう」

「あ……、ありがとうございます。あの、俺が変なものを連れて来たせいで、迷惑をかけてすみませんでした」

「――君は思ったよりも、素直な人間のようだ。そもそも最初の侵入者は君だぞ」

「そ、それは……、確かにそうですが、この店に許可なく立ち入ったことと、幽霊のことは話が別です」

「殊勝《しゅしょう》な態度は認めるが、だからこそ、君の素性が残念でならないよ」

紅大路はそう言うと、航介のネクタイを手に取った。止める隙を与えてもくれず、彼はそれをしゅるりと抜き取る。

「ああっ！」

「本当に今夜は、油断ならない」

「何をするんですか。返してください！」

「こんなところにカメラを仕込んでいたとは。写真一枚、店の中では撮らせないと言っただろう」

紅大路は白けた様子で、ネクタイから隠しカメラを取り外した。小さな計器にしか見えないそれを、指で摘《つま》んでこれ見よがしに航介に突きつけてくる。

「貴賓室のお客様を目当てに、君がここへ侵入したことは分かっている。カメラは没収させてもらうよ」

「困ります。カメラマンから商売道具を奪う気ですか」

「お客様のプライバシーを売るわけにはいかないのでね。君もカメラマンのはしくれなら、つまらないスキャンダルなど追いかけずに、美しい風景でも撮影するといい」

「政界のサラブレッドと、国民的女優のスキャンダルですよ？　ただの不倫スキャンダルじゃありません。みんなが二人のことを知りたがっています」

「――少なくとも私は、君が言う『みんな』の中には含まれていない」

「そんな屁理屈《へりくつ》を言われたって……っ」

「どのみち、君がここで盗み撮りをした写真は役に立たない。けして世に出ることはないよ」

「ちょっ、待ってください。それはどういう意味ですか」

「わんっ」

食い下がろうとした航介の足元で、コロが一声鳴いた。きちんとお座りをして、遊んでほしそうに航介を見上げている。

「ずるいぞ、コロ。俺を邪魔して、紅大路さんの味方をする気なのか？」

「あんあんっ」

「ほら。君の愛犬も、もう諦めろと言っている」

「勝手にコロの代弁をしないでください」

「彼は私に恩を感じているようだ。君と再会を果たせたことが、嬉しくて仕方ないんだよ」

そうだね、と紅大路が目配せをすると、コロは尻尾を振りながら、わふわふと頷いた。

「コロ……」

「肉体を失ってから、君が気付くまで、彼はあてもなく君のことを待っていた。健気《けなげ》で勇敢な彼に、私から贈り物をしよう」

「え？」

「園部くん、右手をこちらに」

紅大路の掌が、誘《いざな》うように航介へと向けられる。一瞬、自分の手を差し出すことを躊躇《ちゅうちょ》した航介を、紅大路はいたわるように見やった。

「恐れなくてもいい。私の力は、生身の人間を傷つけるようにはできていない」

彼の深く黒い瞳を見ていると、逆らえない力を感じる。もうとっくに航介は、陰陽師の術にかかっているのかもしれない。

紅大路は抵抗できなくなった航介の右手を取ると、大きな自分の掌の中に、五本の指を包み込んだ。彼の手は、唇と同じく冷たかった。

「そのまま力を抜いて。――柴犬は家族以外にはあまり懐かないと聞くが、君の愛犬は、他人の命令にも従順だろうか」

「はい。コロはあなたを慕っているようだから、従います」

「素晴らしい。おいでコロ」

くうん、と鼻を鳴らしたコロへと、紅大路は航介の右手を近付けた。彼に導かれるまま、震える航介の指先が、柴犬の豊かな背中の毛の中へと埋もれていく。

「コロ、君の愛する人の手だ。君の求めていた温もりだよ」

「くうん、くうん、はふっ、くうん」

「……触れた……。柔らかい、コロの毛だ。俺が撫でると、いつも気持ちよさそうにしてた」

航介の手首に、コロは片方の前脚を絡めて、うっとりと瞳を細めた。

あの頃と同じ顔、同じ仕草で、もっと撫でてほしいとねだっている。航介は思わず涙ぐみそうになって、じんとしてきた鼻を啜《すす》り上げた。

「コロ。本当に、お前にもう一度会えて、嬉しいよ。これからも一緒にいような」

「きゅううううん」

子供の頃は、ほんの少しだけ痛かったコロの甘噛みが、今は心地いい。右手をおもちゃにしてじゃれつく姿が、かわいらしくてたまらなかった。

「おせっかいかと思ったが、とても喜んでくれたようだね」

「はい。紅大路さん、何て言ったらいいか……、ありがとうございます」

「礼には及ばない。さあ、君たちはそろそろ帰りなさい。怨霊が出現した後は、気の流れが乱れる。こんな夜は出歩くものではないよ」

すい、と紅大路が手を離すと、航介の右手から、コロの毛の感触がなくなった。空気を掻くだけの自分の指先に愕然とする。

「あ——」

コロにいつまでも触れていたい。今まで寂しい想いをさせた分を、取り戻したい。でも、それはとても贅沢《ぜいたく》な願いだということを、航介は思い知った。紅大路から霊力を与えられないと、航介はコロの毛一本にさえ触れることができないのだ。

(俺にも、紅大路さんみたいな力があればいいのに)

自分の右手を見つめて、航介はそう思った。ないものねだりをしそうになる気持ちを、どうにか抑えて、部屋の出入り口のドアへととぼとぼ歩く。

「園部くん」

急に呼び止められて、航介は振り返った。革張りのソファに腰を沈めた紅大路が、航介から取り上げた小さなカメラを見つめながら、囁くように言った。

「ここにはもう来るな。君のような、特別な愛犬を持つ健《すこ》やかな人間に、夜の街はふさわしくない」

「それは――無理です。俺はカメラマンですから、被写体になるものがあるなら、どこにでも行きます」

「あまり愛犬に心配をかけないことだ。怨霊にまた利用されたくなかったら、人の欲望が集まる場所には気を付けろ」

どくん、と航介の心臓が大きく脈打つ。紅大路の低い声音が、まるで怪談でも始めたように怖かった。

「救いのない怨霊は、人の欲望を嗅《か》ぎつけて、弱い心の隙間に入り込んでくる。男女の欲や、金銭欲、この街にはあらゆる欲望が渦を巻いている。君の目に見えなくても、悪意を持つ霊たちがすぐそばにいることを、知っておいてほしい」

カメラマンを追い払うための脅しなのか、親切心からの忠告なのか、紅大路の表情からは分からない。貴族的にも見える、彼のたおやかな微笑にごまかされたくなくて、航介は尋《たず》ねた。

「あなたは、そんな危険な街にたくさんのクラブやバーを開いて、怖くないんですか」

「怖くはない。――だが、楽しいわけでもない」

「どういう意味ですか……？」

くす、と笑っただけで、紅大路はそれ以上は答えなかった。

やっぱり彼は、人を煙に巻きたかっただけなのかもしれない。航介は釈然《しゃくぜん》としない思いを抱えたまま、コロを連れて、その部屋を出た。

2

「お前らもっといいネタ取ってこいよ、やる気あんのかコラァ！」

プルルルッ、プルルルッ。ひっきりなしに鳴る電話の呼び出し音と、スクープに命をかけている編集長が飛ばす檄《げき》。

大手出版社英談社《えいだんしゃ》の芸能報道セクションの一つ、『週刊パパラッチ』編集部は、社内で最も配属されたくない部署だと悪名が高い。歴代編集長は売上第一主義を掲げ、熾烈な発行部数争いを展開するライバル誌に勝つためなら、多少強引な取材も推奨する。航介のようにフリーの立場で出入りをしている人間にとっては、契約の面でも待遇の面でも条件が厳しく、しょっちゅう人員が入れ替わっていた。

「園部、メシ行くぞ。毎日毎日どやしつけられて、やってられっか。食欲なくなっちまう」

「すみません。先に済ませておきたい仕事があるので、今日は昼メシ抜きで」

「そっか？　んじゃあコーヒーでも買ってきてやるよ」

「ありがとうございますっ」

アルバイト時代から航介の面倒をみてくれている編集チーフが、疲れた顔をしてオフィスを出て行く。他の雑誌の編集部と分割して使っている大部屋に、航介のデスクを用意してもらったのは、大学を出てカメラマンと名乗るようになってからだ。

『週刊パパラッチ』には生え抜きのカメラマンが数人いて、下っ端の航介は今も彼らのアシスタントをすることがある。アルバイトの頃と仕事の内容はあまり変わらなくても、先輩たちの撮影技術や取材のノウハウを間近で学べることが、航介にはありがたかった。

(早く俺も下っ端を卒業して、一人前にならないと)

ふわ、とあくびをした拍子に、寝不足の目に涙が滲《にじ》む。昨晩、紅大路の店を出た後、妙に気分が昂《たか》ぶって一睡もできなかった。

幽霊のコロと再会して、怨霊に襲われかけて、陰陽師に救われる。そんなあり得ないことが畳みかけるように起こって、航介は結局朝まで背中に冷や汗をかきながら過ごした。

(——昨夜俺が見たことは、夢じゃない。証拠だってある)

デスクの下、スニーカーの足元に目をやると、昨夜と同じ半透明の体をしたコロが寝そべっている。んん、と時々伸びをするのが、とても無邪気で、昨日から乱高下《らんこうげ》している航介の気分を癒してくれた。

（こんな風に、いつも俺のそばにいてくれたんだな。コロ）

幽霊は夜だけでなく、昼間も見えるものだと、航介は初めて知った。航介の手には、一夜明けてもコロの柔らかな毛を撫でた感触が残っている。もう一度撫でたいと思いながら、紅大路に霊力の素養がないと言われたことが残念で、航介はカメラだこのある指を擦り合わせた。

（——あんな規格外のすごい人と自分を比べても、仕方ない）

陰陽師について少し調べてみたら、この国に律令《りつりょう》制度があった時代の官職の一つで、占いや呪術に長《た》けた人々の集団だと分かった。中でも別格の存在だったのが紅大路家で、都に魑魅魍魎《ちみもうりょうばっこ》が跋扈《ばっこ》していた平安時代に隆盛を極め、その後も長らく帝《みかど》の側近として仕えていたらしい。帝の信頼を得て、紅大路家の当主は代々、公家の地位のもと莫大《ばくだい》な財産を築いてきた。明治維新以降は男爵の称号で呼ばれ、近代化の波に乗って実業界で成功を収めると、陰陽師としての本業は少しずつ鳴りを潜めたようだ。でも、現当主の紅大路が怨霊を退治したところを見ると、陰陽師の技は脈々と受け継がれて、人知れず霊との戦いを続けているに違いない。

時代が流れ、京都から東京へこの国の都が移っても、紅大路家の役割は何一つ変わっていないのだ。それを時代錯誤《さくご》だと一蹴するつもりは、航介にはなかった。

（あの人の存在そのものが、スクープなのかもしれない。内密にしてくれと言われたけど、詳しく調べたら、もっとおもしろいことが出てきそうだ）

紅大路のことを、計り知れない人だと感じながらも、純粋な興味は抑えることができない。航介はパソコンのマウスを繰って、いつも写真の処理に使っている画像ソフトを起動させた。

昨夜、ネクタイに仕込んでいたカメラは紅大路に取り上げられてしまったが、隠し撮りのデータは転送することができた。紅大路が怨霊と対峙している姿や、銀色に輝く不思議な太刀が、証拠写真として残っている。航介はごくん、と一度唾を呑み込んで、そのデータをパソコンのモニターに表示させた。

「え……？」

決定的な瞬間を撮ったはずの写真を見て、航介は愕然とした。どの写真も、白い靄《もや》がかかったようにぼんやりとしていて、まともに写っているものが一枚もない。紅大路の顔はおろか、怨霊の黒い影も、太刀もコロも、輪郭が消えるほど霞《かす》んでしまっているのだ。

（嘘だろ）

航介は、慌ててプリンターの電源を入れた。画像の解像度の設定や、データの保存方法にミスはなかった。もしそんな初歩的なミスをしたら、即座に編集長に怒鳴りつけられる。

プリンターが吐き出した写真を、ひったくるように手に取って、航介は唸った。びっくりしたコロが、デスクの下から這い出してきて、航介のことを見上げている。

「……どうして何も写ってないんだ……？」

モニターの表示と同じ、プリントした写真にも白い靄がかかっている。煙草の煙のようなそれは、紅大路の店を訪れた鳴海麻衣子の写真にも及んでいて、紫藤議員との密会現場はまったく撮れていなかった。

「くそっ、何だよ。せっかく潜入したのに骨折り損じゃないか」

スクープをものにできなかった脱力感で、航介はデスクに顔を突っ伏した。政治家と女優のスキャンダルなどくだらない、と、冷ややかに言い放った昨夜の紅大路の顔が思い浮かぶ。

『どのみち、君がここで盗み撮りをした写真は役に立たない。けして世に出ることはないよ』

奇《く》しくも紅大路の言った通りになって、航介は悔しかった。鳴海は事務所のガードが固いし、紫藤議員も常にＳＰに守られている。二人の密会現場にあれほど近付けるチャンスは、もうないかもしれない。

(あの人は、どうして俺の写真が使えない代物《しろもの》だって分かったんだろう。——まさか、陰陽師の術にでもかけられたのか?)

改めて写真を覗き込んでみると、白い靄の形が幽霊に見えなくもない。いや、見れば見るほどぐにゃぐにゃにゃした魑魅魍魎としか思えなくなってくる。

「うわっ」

航介は気味が悪くなって、写真をデスクの抽斗《ひきだし》の奥に突っ込んだ。本当に紅大路が術をかけたのなら、苦情の一つでも言ってやりたい。

(自分の力は、人を傷つけるようにはできてないって言っていたくせに。やっぱり俺は、あの人にうまいこと煙に巻かれたのかな)

実業家の顔をした、謎だらけで掴みどころのない、現代を生きる陰陽師。気が付けば昨夜から、紅大路のことばかり考えている。今まで名前しか知らなかった彼のことが、何故こうも気にかかるのか、航介にはよく分からなかった。

写真のデータを消去するかどうか迷って、結局保存をクリックする。取材失敗の言い訳を考えていると、デスクに置いていたスマホが震えた。

「——美咲《みさき》?」

画面に表示された、女子高に通っている妹の名前。おとなしい航介と、勝ち気な性格をしている美咲とは、子供の頃からそりが合わない。でも、たまに連絡があると嬉しいのは、歳の離れた兄貴の悲しい性《さが》だろうか。

「久しぶり。どうした?」

航介は苦笑を浮かべながら、スマホを耳にあてた。トーンの高い美咲の声が、編集部の喧騒よりも賑やかに聞こえてきた。

真昼の眩《まぶ》しい陽射しが、若者で溢れた渋谷《しぶや》の街を照らしている。同じ東京でも、酔客の多かった昨夜の六本木の光景とは違う、明るく活気のある街の日常だ。

アパレル店の店員が、しきりにセールを呼びかける声が、航介のいるカフェのテラス席にまで聞こえてくる。テーブルの向かい側で、制服姿の美咲が、ピンク色のストローを唇に銜《くわ》えて不服を言った。

「もう、何なの。珍しくこっちから電話してあげたのに、昔の写真持ってこいとか、めんどくさい。お兄ちゃんの幼稚園の頃の写真なんか、誰が見んのよ」

「俺が見るんだよ。——うわ、懐かしい。近所の公園で、コロとよく遊んだんだよな。美咲は知らないか」

「知らなーい。私が生まれる前の話だし、私も柴犬大好きなのに、パパもママも飼わせてくれなかったし」

「仕方ないだろ。コロのことを考えると、父さんたちも未だにつらいんだよ。他の犬種なら飼ってもいいって言われてたじゃないか」

「イ、ヤ。私は柴犬がよかったの。コロちゃんみたいなかわいい犬」

幼稚園生の航介とじゃれ合う、コロの生前の写真を手に取って、美咲は茶色の丸い瞳を輝かせた。

「ほんとにかわいい。隣に写ってるお兄ちゃんは余計だけど」

「相変わらず言いたい放題だな、お前は」

美咲は甘えん坊で我が儘《わがまま》で、会えば生意気ばかり言う。特に兄の航介には遠慮がなく、一人暮らしを始めてもう何年も経《た》つのに、こうして美咲に呼び出されるたび引っ張り回されていた。

「ねえお兄ちゃん、柴犬を飼わせてもらえなかったかわいそうな私に、服と靴を買って？」

「何で。前に会った時も買わされたぞ」

「あれよりもっといいやつー。今度大手のアイドル事務所のパーティーがあるの。いい服着てないと、目立てないでしょ」

「またそれか……」

はあ、と深い溜息をついて、航介は肩を落とした。

「あのなあ、ごくごく普通の高校生のお前が、芸能人のパーティーなんかに誘われるはずないだろ」

「そんなことないよ！　だって私、芸能事務所の人に直接誘われたんだもん！」

「やめろよ、そういう分かりやすい嘘は」

「嘘なんかついてないし。本当に本当、見てよこれ！」

そう言うと、美咲は芸能事務所のスカウトマンにもらったという名刺を取り出して、ばんっ、とそれをテーブルに置いた。

「この間友達と原宿《はらじゅく》で遊んでた時に、声かけられちゃったんだあ。びっくりしたでしょ。あの『フォックスワン』よ、あの」

『フォックスワン』の名前は航介もよく知っている。スキャンダルの渦中《かちゅう》の鳴海麻衣子が在籍している、芸能界最大手の事務所の一つだ。

「この名刺が本物だって確証、どこにあるんだ。相手の素性は確かめてないんだろ」

「お兄ちゃんバッカじゃないの？　竹下通《たけしたどお》りにはスカウトマンいっぱいいるのに」

「よりによってお前に声をかけてくるのが、胡散臭いんだよ」

「今のひどい！　パーティーに参加すれば、オーディションにも優先的に出られるって言われたのっ」

美咲はくるんと巻いた睫毛《まつげ》を挑《いど》むように上げて、ふくれっ面《つら》をした。表情がよく変わる妹の顔は、はっきりとした二重瞼でかわいい部類に入るだろう。でも、どこにでもいる女子高生の美咲が、アイドルに必要な輝きを秘めているとは思えない。

中学に入った頃から、美咲は芸能界に憧《あこが》れていて、アイドルになることを夢見ている。七つ年上の兄からすれば、妹の夢は現実味の乏しい、子供っぽいものだ。それに、航介は仕事柄、華やかに見える芸能界の裏側をよく知っていた。

「本気でアイドルになりたい子は、もっと小さい頃からレッスンをして努力してるんだ。美咲は何もやってないだろ」

「私だって、部活でダンスしてるし、今度ボイストレーニングにも通うつもりでいるよ。私がカラオケうまいのお兄ちゃんも知ってるくせに」

「カラオケってなあ、芸能界はお前が思ってるほど甘くないの。もしアイドルになれたって、あいう派手な世界には、裏側に暗い部分があるんだよ。事務所に騙《だま》されてひどい目にあったり、スキャンダルに巻き込まれて毎日マスコミに叩かれまくったり、そんなドロドロした世界、お前には入ってほしくない」

「あー、それって鳴海麻衣子みたいな？」

航介は仏頂面《ぶっちょうづら》で頷いた。密会現場を撮り損ねた昨夜のことを思い出して、飲みかけのアイスコーヒーを一気に呷《あお》る。

（俺はスキャンダルを追いかけてる立場なのに、美咲には偉そうなことを言ってる）

自分の中の矛盾した感情を、コーヒーのように喉の奥に流し込めない。女優に自分のカメラを向けることはできても、家族の美咲にカメラを向けられたら嫌なのだ。

「政治家のおじさんと不倫なんてしないよ。付き合うならもっとかっこいい人がいい」

「当たり前だ。お前も夢ばかり見てないで、ちゃんと勉強して、大学に入って、普通に就職して彼氏作れ」

「お兄ちゃんは夢なさ過ぎ。つまんない」

ぷう、とむくれた美咲は、頬杖をつきながら、テーブルの下で足を蹴ってきた。コロがそれをおもしろがって、美咲のローファーにじゃれつこうと飛び跳ねている。

(写真のコロが、今ここにいるって言ったら、美咲は絶対に信じないだろうな)

自分にだけ見えるコロの無邪気な姿に、ほんの少し優越感を抱いた。昨夜から、コロは航介が何をするにも一緒で、片時も離れようとしない。生前のコロの写真を見ていると、むしょうにカメラを触りたくなって、航介は腰を上げた。

「じゃ、用は済んだから俺はもう行くぞ」

「ちょっと待ってよ。私の服と靴は?」

「貧乏カメラマンにおねだりすんな。それから、パーティーは本当にやめとけ。どうせ騙されて泣きを見るんだから」

「嫌っ。絶対に行くからね!　これは私の人生最大のチャンスなのっ」

「……ったく。人の気も知らないで」

美咲は頑固な有言実行タイプで、周りが反対すればするほどやっきになる厄介な性格をしている。妹のことが心配で仕方ないのに、テーブルの上に置かれたままの名刺の、芸能事務所のロゴがやたら目についた。

（もしかしたら、鳴海麻衣子も、パーティーに来るかもしれない）

撮り損ねたスクープ写真は、もう一度撮り直すしかない。大事な妹と仕事を天秤《てんびん》にかけた航介は、どちらにも決め切れない自分の優柔不断さに、呆れて溜息をついた。

都心の一等地に建つ高層ホテルは、昼間の太陽の下でその威容《いよう》を周囲に見せつけている。客のふりをしてエントランスに降り立てば、正装のドアマンがにこやかな笑顔を浮かべて、丁重に出迎えてくれた。

「――いらっしゃいませ」

このホテルは英国式のアフタヌーンティーが有名で、チェックインの時間帯には早いにもかかわらず、ラウンジの前に行列ができている。航介は、ラウンジのあるロビー階を見渡せるエスカレーターではなく、奥まったエレベーターホールから上階に向かった。

（姿を現すかな、鳴海麻衣子。芸能関係者のパーティーでは、あまり見かけないって評判だけど）

バンケットフロアの一角を借り切って、今日は芸能事務所『フォックスワン』のパーティーが開かれている。鳴海麻衣子は『フォックスワン』所属の看板女優で、彼女を目指す女優の卵たちを集めて、アクターズスクールを設《もう》けている。そんな事務所のパーティーに美咲が出席を強行したために、航介は鳴海のスクープを追う傍《かたわ》ら、客に変装して偵察をすることにしたのだ。

そもそも、本当に『フォックスワン』のパーティーなのかどうか、根本的な部分が信用できない。詐欺《さぎ》にあっているかもしれないのに、美咲のアイドルになりたいという思いはますます強くなったようで、実家では両親を巻き込んだ騒動になっている。

（家族全員が反対しているんだ。美咲を見付けたら、縛ってでも連れて帰ろう）

緩んでいたネクタイを締め直して、航介は心の中で気合を入れた。今日も御供《おとも》をしているコロが、エレベーターが目的階に着くや否や、金属のドアを通り抜けて元気に飛び出していった。

「あん、あん、あんっ」

「コロ、しっ。俺のそばを離れるな」

コロを追いかけてエレベーターを降りた航介は、警備員やスタッフの動きを窺いながら、ヨーロッパ風の瀟洒な彫刻を施された柱の陰に隠れた。買い直したばかりのネクタイピン型カメラに指を添えて、賑やかなバンケットフロアにレンズを向ける。

（あれは――今期のゴールデンタイムのドラマで主演をしてる藍沢《あいざわ》カナだ。アイドルグループ『ハニープリンセス』のメンバーもいる）

売れっ子の女優やアイドル以外にも、見覚えのある顔を何人も見付けて、航介はほっとした。センスのいいドレスを着た彼女たちは、全員『フォックスワン』に在籍しているタレントである。

（あの名刺は、偽物じゃなかったんだ。とりあえず美咲が詐欺にあわなくてよかった）

半信半疑だったパーティーは、未成年の美咲が気軽に参加できる、ノンアルコールの健全なものだった。いくつかあるグループの一つに、美咲の姿を見付けて、航介は舌打ちをした。

「あの馬鹿、いた」

オレンジジュースのグラスを手にして、同じアイドル志望と思《おぼ》しき女の子たちと、何か楽しそうに話している。実の妹の笑顔があんなにキラキラして見えたのは初めてだった。

（夢の世界に浸って、満面の笑顔だな。――俺が『週刊パパラッチ』のカメラマンじゃなかったら、美咲のことを素直に応援してやれたかもしれない）

幸せそうな今日の美咲を、写真に残さずにはいられなくなって、航介はシャッターを押した。

『週刊パパラッチ』のカメラマンになってから、航介が写してきたのは芸能界の裏側ばかりだ。

（カメラ越しに芸能界を見ていると、光が当たっているのはほんの一部で、ほとんどは暗い闇なんじゃないかと思う時がある）

芸能界の成功者は、そのネームバリューから、桁《けた》外れのお金を生み出す。お金があるところには人が引き寄せられるのが必定《ひつじょう》で、各々の思惑と欲望が渦を巻きながら、成功者を取り囲んでいる。カメラマンもその渦の一つなんだと、航介は自分で自分の立場を理解しているつもりだった。

（――そう言えば、人間の欲望が集まる場所には気を付けろって、紅大路さんが言っていたな）

現代の陰陽師、紅大路公威が実業家として名を馳せているのは、夜の六本木の街だ。彼の言葉が本当なら、あの街に怨霊がいたように、今日のパーティーにも怨霊が引き寄せられてくるかもしれない。ここには『芸能人になりたい』『芸能界で成功したい』という欲望を持つ人が溢れているから。

「わあっ、綺麗――」

「麻衣子さん！」

突然フロアに沸き起こった歓声で、航介は我に返った。スーツ姿の紳士にエスコートされ、エレベーターから降りてきた美女へと、熱い羨望《せんぼう》の眼差しが向けられている。

鳴海麻衣子と、芸能界では知らない者がいないとまで言われる実力者、『フォックスワン』の社長の黒瀬川孝明《くろせがわたかあき》だ。航介は隠れていた柱の陰から、二人へ向けて息つく暇もなくシャッターボタンを連打した。

「本日はようこそ、輝くダイヤモンドの原石のみなさん。『フォックスワン』代表の黒瀬川です」

「鳴海麻衣子です。こんにちは、みなさん。今日のパーティーを楽しんでいただけていますか？」

トップ女優の気さくな一言に、招待客たちが「はーい」と返事をする。鳴海へ無邪気に手を振っている美咲が、視界の端にちらちらと映って邪魔だ。

「『フォックスワン』では今年の冬、民放キー局とタイアップした新人オーディションを企画しています。今日は一次選考パスの特別エントリーを受け付けますので、みなさん奮《ふる》ってご応募くださいね」

フロアじゅうから起こる拍手に、鳴海は優雅な笑みで応えた。それはテレビやスクリーンで見る女優としての完璧な笑顔で、美しいけれど、航介にはどこか演じているように思えた。

（この間、紅大路さんの店で見た時よりも、少し瘦《や》せている気がする……）

後ろの開いたドレスから覗く、鳴海のすらりとした白い背中。エステで磨き上げているはずのそこに、大きな黒い痣《あざ》があるのを見付けて、航介はどきりとした。鳴海の写真やグラビアは山のように見てきたけれど、あれほど目立つ痣があったなんて、気付かなかった。

（まるで手の形みたいだ。大きな手で、背中を鷲摑《わしづか》みされているように見える）

痛ましさを感じながら、航介はカメラでもう一度鳴海を追った。でも、突然指先に震えが起きて、うまくシャッターを切ることができない。戸惑っているうちに、体がどんどん冷たくなって、脂汗《あぶらあせ》がそこかしこから噴き出してくる。

(何、だ。これ)

寒い。手も、足も、首も、背中も、体じゅうから温もりが消えていく。凍《こご》えた人のように指先の感覚がなくなり、航介はひどい悪寒に襲われて柱に寄りかかった。

「はあっ、はぁ…っ、気分が悪い。いったいどうしたっていうんだ」

不規則なカメラマンの生活でも、健康だけが取り柄だったのに。口の中に広がる酸っぱい味が、嘔吐感を誘発して苦しい。

「きゃうん？　わんわんっ、わんっ」

航介の乱れた呼吸を聞きつけて、コロが騒いでいる。大丈夫だよ、と笑って安心させてやりたくても、立っているのがやっとだった。

「失礼。ご気分でも悪いのですか」

ホテルのスタッフだろうか。不意に声をかけられて、航介は焦った。大手事務所のパーティーにカメラマンが忍び込んでいると知られたら、即座に摘《つま》み出されて出入り禁止を喰らってしまう。

「何ともないです。気になさらないでください」

「ひどい汗だ。ホテルの者を呼びましょう」

「い、いえ、本当にもう、大丈夫ですから、おかまいなく……っ」

「――何だ、君か」

「え？」

至近距離から覗き込まれて、航介は一瞬息が止まりそうになった。揺れる視界を埋めた、濡れたように艶めく黒髪と、その男性の端整な顔。航介の足元で、コロが嬉しそうに尻尾を振る。

「紅大路さん!?」

「やあ、いつかのパパラッチくん、また会ったな。コロ、君も」

「あんあんっ」

飛び跳ねて喜ぶコロの頭を撫で、紅大路はくすりと微笑んだ。仕立てのいいスーツに、爽《さわ》やかなストライプのネクタイで装った彼は、前に会った時よりも実業家らしく見える。

「公威様、人の目のある場所で、むやみに霊体に触れてはいけません」

紅大路の後ろに立っていた、秘書にしては目立ち過ぎる銀髪の男が、冷静な口調でそう言った。コロの姿が見えるということは、その彼も紅大路と同じ霊力を持っているのだろう。光り輝く髪の色といい、涼やかな目をした色白の美しい顔立ちといい、人間離れしている印象の人物だ。

「ああ、すまない。彼の愛犬がかわいらしいので、つい」

「紅大路さん、どうしてあなたがこんなところに……」

「下のラウンジで商談をしていたんだが、重い霊気の圧力を感じて、様子を見に来た。君は随分と具合が悪そうだな」

紅大路はスーツのポケットからハンカチを取り出すと、航介の額に浮いていた脂汗を拭ってくれた。ごく自然に介抱をされたことが、何だかとても気恥ずかしくて、航介はそのハンカチを押しやった。

「お、俺は平気です。仕事中なので、放っておいてもらえますか」

「仕事中？」

「大手芸能事務所のパーティーですよ。今、マークしている女優が来ているんです。あなたに二度も仕事の邪魔をされたら困ります」

紅大路を押しのけ、航介は柱に体を預けながら、胸元のカメラを手繰《たぐ》り寄せた。でも、ネクタイピンを模《も》したカメラは小さくて、震える指ではうまくピントを合わせられない。シャッターを切れないうちに、また気分が悪くなってきて、とうとう航介は床に蹲ってしまった。

「園部くん？　君、大丈夫か？」

「し……静かに、してください。大きな声を、出さないで」

「顔が真っ青だ。すぐに部屋を取るから、横になって少し休みなさい」

「大丈夫だって言ってるでしょう。カメラマンはシャッターチャンスの一瞬一瞬が勝負なんですから――」

「お兄ちゃん？」

フロアの向こうから、美咲の声がした。しまった、と思ったところで、もう遅い。履き慣れないパンプスのヒールを鳴らしながら、両目を吊り上げた美咲がこっちへ向かってくる。

「ちょっと！　お兄ちゃん何でここにいるの!?　何やってんのよ！」

鬼の形相《ぎょうそう》の妹は、さっきまでしおらしくパーティーに参加していた妹と、とても同一人物とは思えない。怒った時の妹の迫力に、七つ年上の兄は勝てた試しがないのだ。

「ここで何してんのって聞いてんの。黙ってないで言いなさいよ」

「美咲、落ち着け。俺はお前が騙されているんじゃないかと思って、見守っていたんだ」

「はあ？　この間ちゃんと名刺もらったのに、まだ信じてなかったの!?　本っ当に馬鹿！」

「馬鹿は言い過ぎだろ。だいたいな、俺はお前が芸能界でやっていけるなんて、全然思ってないからな」

「何それ。妹を応援してやろうって気はないの？　ふざけんな！」

美咲には怒鳴られるし、原因不明の悪寒は止まらないし、後ろで紅大路が呆れたように苦笑しているし、事態はもう最悪だ。

パーティーの参加者たちが、いったい何が起こったのかと航介と美咲を眺めている。単なる兄妹喧嘩《げんか》だと分かると、みんなうんざりという顔をして、フロアには白けた空気が漂い始めた。

「まあまあ、お二人、喧嘩はやめましょう。せっかくのパーティーを台無しにするつもりですか?」

黒瀬川社長が、睨み合っていた兄妹の間に割って入ってくる。すると、今にも咬みつきそうだった美咲は、打って変わって余所行《よそゆ》きの甘えた声を出した。

「すみませーん。うちの兄はちょっと過保護なんですー」

「おい、美咲」

「ははは。かわいい妹さんがご心配なのも分かります。どうぞ我々を信頼して、妹さんを芸能界へ羽ばたかせてあげてください」

「そうよ。お兄ちゃんは、私の夢が叶うように、黙って応援してくれればいいの。社長さんと鳴海さんに、事務所の詳しい話を聞かなきゃだし、パーティーだってこれから本番なんだから、部外者は出て行ってくださーい」

美咲は航介を思い切り突き飛ばすと、パーティーの参加者たちが見つめる中、すたすたバンケットルームへと戻っていった。

「ちょっ、待て！　美咲！」

「お静かに。これ以上騒ぎを起こすようなら、我々も然るべき対処を考えますよ」

静かな迫力を纏いながら、黒瀬川社長が釘を刺す。フロアにいた警備員たちも集まってきて、航介を取り囲んだ。

「騒ぎなんか起こしていません。俺はただ、妹に現実を見てほしいだけなんです」

「申し訳ないが、今日のパーティーにデビューを懸《か》けている参加者もいます。我々は、原石の少女たちに芸能界という夢を提供しているんです。いくらあなたがご家族の方でも、その夢を壊す権利はありませんよ」

冷静に正論で諭《さと》されて、航介は何も言い返すことができなかった。カメラマンだから芸能界の裏側を知っているんだと、この場で素性を明かしたところで、自分の立場を悪くするだけだ。名も力もないカメラマンの存在なんて、大手事務所の社長に捩じ伏せられて終わってしまう。

「ご理解いただけたのなら、本日はお引き取り願います」

「待ってください。妹ともう少し話をさせてください」

取りつく島もなく、踵《きびす》を返した黒瀬川社長は、美咲の後を追ってバンケットルームへと消えていく。

「美咲――」

ひどい悪寒に苛《さいな》まれた航介は、肩で息をしながら、それでも美咲のところへ行こうとした。すると、兄の思いを拒絶するように、バンケットルームの大きな扉が閉まり始める。警備員に促されたタレントの中に、ゆったりとドレスの裾を揺らして歩く鳴海麻衣子もいた。

鳴海は紅大路が経営する六本木の会員制クラブの客なのに、彼を見ても、何の反応も示さなかった。揉め事に我関せずと、静々《しずしず》歩いていく彼女の態度が、余計に航介をみじめな気持ちにさせる。

「くそ……っ、美咲を連れて帰るつもりだったのに」

「——園部くん、ここはおとなしく退いた方がいい」

「紅大路さん、でも」

「今にも倒れそうじゃないか。言いたいことは山のようにあるだろうが、君の分が悪い。出直すべきだ」

諭すように言ってから、はっ、と紅大路は瞳を見開いた。

幽霊を映す彼の漆黒のそれが、フロアの向こうをまっすぐに見つめている。

「霊痕だ。不穏な霊気の源は、やはりここだったか」

「レイコン？」

「霊なる者が、人に触れた痕跡のことだよ。彼女の背中に、黒い手のような痣があるのが見えるか？」

「……はい」

神妙な表情の紅大路の視線の先に、鳴海がいた。彼女の背中の痣が、不可思議にもぐにゃりと歪み、首や肩の辺りまで黒の範囲を増していく。航介は息を呑んで、指先まで白くなった両手を握り締めた。

「痣が、う、動いた」

彼女の身に、いったい何が起きているのだろう。痣の形といい、色といい、いい痣だとはとうてい思えない。

「霧緒」

紅大路は傍らに控えていた秘書を呼んだ。低くて重い彼の声が、緊迫感を煽っている。

「彼女の霊痕を調べろ。このフロアに結界を張り、瘴気を洗い浄《きよ》めておけ」

「承知いたしました、公威様」

霧緒は恭《うやうや》しく頷いて、扉を閉め切られたバンケットルームへと駆けていった。

(霧緒……？　どこかで、聞いたことがある名前だ)

どこで聞いた名前だったか、頭の中がぼんやりとして思い出せない。曖昧な記憶を辿《たど》っていると、航介の体が突然重みを失って、ぐるりと視界が回った。

「う、わ……っ！」

軽いな、という呟きとともに、紅大路の顔がアップになる。逞《たくま》しい彼の腕に抱き上げられて、航介は慌てた。

「紅大路さんっ？　な、何を、しているんですか」

「君はここにいては危険だ。コロ、君も来なさい」

「わん！」

航介を抱いたまま、紅大路は広いフロアを横切った。追ってきたコロとともに、人気のない非常階段を駆け下り、踊り場で足を止める。

踊り場には、足休めのベンチソファが置いてあった。背凭《せもた》れのないそれに、航介はされるがまま横たえられて、真っ青な頬を紅大路の掌に包まれた。

「あ……あの……」

「静かに」

彼のもう片方の手が、航介のネクタイを引き抜いていく。しゅるりと衣擦《きぬず》れの音が鳴ったかと思うと、あっという間にシャツのボタンを弾かれた。

「やはり、君にも拡がっていたか」

紅大路は険しい目をして、露《あらわ》になった航介の胸元を見つめた。彼の迫力に圧されて、怖々と視線を追うと、逞しいとは言えない痩せた胸に、鳴海と同じ黒い痣ができている。

「ひぃっ……！」

うぞうぞと生き物のように動く痣が、気味が悪くて仕方ない。航介はパニックに陥《おちい》って、体じゆうを震わせた。

「い、嫌だ、どうして俺まで、こんな」

「園部くん、恐れてはならない。ゆっくりと息をするんだ」

「紅大路さん、助けて、助けてください」

「目を閉じて。何も考えなくていい。痣はすぐに消える――」

怖くて血の気を失った航介の唇に、微かな吐息がかかった。乱れた鼓動に紅大路の声が掻き消され、意識が遠くなっていく。

がくがくと痙攣《けいれん》した航介の体を、紅大路は両腕の中に抱き寄せて、そして唇に触れた。初めて会ったあの夜のように、キスを奪って呼吸を止める。

「ん……っ、んん、……んぅ……っ」

航介は無意識に抗いながら、紅大路のスーツの胸を引っ掻いた。長い彼の舌に抉《こ》じ開けられた唇の隙間から、霊力が口腔《こうこう》へと流れ込んでくる。

紅大路の力は、氷に直で触れて凍傷を負うような、冷たいのに焼き切れそうな、零下《れいか》の熱だ。

航介の体の内側から効果を発して、黒い痣を弾き飛ばす。

「んくっ、ん――、うあァ……っ！」

肌の上を、一瞬の閃光が走った。航介の悲鳴とともに、弾かれた痣が黒い粒子となって霧散《むさん》する。体の重みを一気に解かれて、航介はどうっとベンチソファに倒れ込んだ。

「はあっ、は……っ……、はっ……」

潮が引いていくように、航介を苛んでいた悪寒や吐き気が収まっていく。体は楽になったのに、心の方はそうはいかなかった。

過呼吸の唇を、汗なのか涙なのか分からないものが濡らしている。恐ろしい痣から解放された虚脱感と、拒否権もなく二度もキスをされたショックで、航介の頭の中はめちゃくちゃだった。

「気分はどうだ？」

「——最悪、です」

ふ、と鼻で笑われた気がして、航介は唇を噛んだ。汗みずくの頬や首筋を、紅大路が柔らかなハンカチで拭ってくれる。

「人に害を為す者を退けるのが、私の役目だ。荒療治だったことは認めるよ」

そっけない言い方をしていても、汗を拭う彼の手は優しい。ハンカチが触れるくすぐったい感覚に、航介は怒るわけにもいかなくなって、顔を紅潮させた。

「腹は立つけど、あなたに、感謝しなきゃいけないことは、分かっています」

「君に感謝は求めていない。具合がよくなったのなら、それで十分だ」

「あの痣は、いったい何だったんですか。鳴海麻衣子の痣を見てから、俺、急に気分が悪くなっ

て、体じゅうが凍えそうでした」

「霊痕の瘴気にあてられたんだよ。霊力を持っていなければ、あの痣は見えないし、君のように影響されることもない」

「嘘でしょう？　あんなにはっきり見えていたのに――」

「私が力を与えたことで、君は霊に対して敏感な体質になったようだ。彼女の霊痕からは、とても禍々しい瘴気が放たれていた。霊力と霊力は引き合い、弱い方が強い方に取り込まれる。君の力では太刀打《たちう》ちできない」

霊力とは、思っていたよりもずっと複雑で、融通の利かないものらしい。力を微塵も持たなかった少し前の航介なら、幽霊の存在を信じることもなく、見えないものの脅威に曝されることもなかった。

「何だか、あなたに出会ってから、俺は大変な目にばかりあっていますよね」

――冗談じゃない。紅大路に、思い切りそう言ってやりたかった。

霊力なんか、欲しいと思ったわけじゃない。紅大路が触れさえしなければ、何の力も持たない元の自分でいられたのに。一方的に与えられた力に、いつまで振り回されなければならないんだろう。

「俺は、これからどうしたらいいんですか。この先もずっと、幽霊に気を遣って過ごせって言うんですか？」

憤《いきどお》りを感じて、航介はベンチソファの柔らかな座面を拳《こぶし》で叩いた。紅大路は何も言わずに、ただ航介のことをまっすぐに見つめている。幽霊や怨霊と身近に接してきた彼には、きっと分からない。普通の人間にとって、得体の知れない存在がどれほど怖いか。

「……俺はあなたみたいに、幽霊のことをいて当たり前の存在とは思えない。オカルト嫌いな、幽霊が見えない前の俺に戻してください」

紅大路に二度も助けてもらいながら、自分勝手な言い方をしていることは分かっていた。でも、言わずにはいられなかった。

紅大路の優しく穏やかだった眼差しが、諦観《ていかん》のような、静かな影を帯びていく。彼のことを傷つけてしまったかもしれない。それでももう、引っ込みがつかなくなって、航介はソファに横たわったまま、非常階段の狭い天井を仰いだ。

「わんわんわん！　あんあん！」

踊り場の隅で伏せていたコロが、航介に駆け寄って激しく吠えた。ソファに前脚をつき、ぺろぺろと頬を舐めてくる。

「……コロ……」

コロの一生懸命な仕草は、まるで自分のことを忘れるな、と訴えているかのようだった。生きている頃と変わらない相棒の愛情表現が、頭に血が上っていた航介を落ち着かせてくれる。

航介の身に何かあると、コロはいつもこうして寄り添ってくれた。頬をくすぐる鮮明な舌の感触が泣けてくる。

(ごめん、コロ。俺、この人にやつ当たりした)

コロを亡くしてから、一日だって、忘れたことなんかないのに。悔しい。理不尽だ。紅大路に霊力を分けてもらわなかったら、コロに再び会うことも、触れることもできなかった。

「……コロ、心配ばっかりかけて、頼りない相棒で、ごめんな」

コロの背中に、航介は力の抜けた手を伸ばした。柔らかな毛に掌が埋もれていくのが、何よりも嬉しい。

「お前のことは、特別だよ。幽霊のお前の姿が、また見えなくなるのは、嫌だ」

「……くううん……、きゅううん……」

「お前は他の幽霊とは違う。我が儘だけど、それが、俺の正直な気持ちなんだ」

コロが首を後ろに曲げて、航介の手を器用に舐めてくる。でも、いとおしくてたまらないその感触は、時間が経つとみるみる鈍くなっていった。

(また、コロに触れなくなってしまう)

ガソリンをやたら消費する、燃費《ねんぴ》の悪い車のように、航介の霊力は持続しない。名残惜しい気持ちで、航介はコロの頭をわしゃわしゃと撫でた。コロの大好きな顎の下も撫でようとしたところで、タイムリミットが来た。

たった今まで触れていたのに、手がコロの体を素通りする。切ない瞳で航介を見上げているコロを、今度は紅大路が励ますようにそっと撫でた。

「――あれだけ霊力を与えても、君はすぐに消費してしまうんだな」

「もともと、俺にはなかった力です。あの……、俺の力は、いつまで持ちますか。いつか、コロの姿が、見えなくなる日が来るんですか」

「私と一切接触しなければ、いずれ元の『見えない』君に戻る。君はそれを望んでいるんだろう？」

紅大路は鋭い人だ。航介の中の矛盾を、的確についてくる。

次の言葉を探してしまった航介に、紅大路は小さく笑いかけて、コロを撫でていた手を止めた。

「すまない。意地の悪いことを言った」

「いいえ。先にやつ当たりして文句を言ったのは、俺ですから」

「いつでも君の愛犬に触れることができる私を、羨ましいと思うか？」

「……はい、思います。俺はコロに、二度と寂しい思いをさせたくない。そのためには、悔しいけど、あなたの力が必要です」

そうか、と呟いて、紅大路は右手を伸ばした。流れるような仕草で航介の顎を掬い上げ、端整な顔を近付けてくる。

「べ、紅大路、さん？」

「必要ならば、与えるまでだ」

「ちょ、ちょ、ちょっと待って。あなたには躊躇とか、節操とかはないんですか」

「これが最も簡単で効果的な方法なのでね。霊力を与えるための接触に、私は躊躇や節操が必要だとは思わない」

「接触って言うの、変に生々しいからやめてください。まさか、霊力を維持するためには、紅大路さんとキスをし続けなきゃいけないんですかっ？」

「そういうわけではけしてないが」

「なんだ、よかった――」

航介は心からほっとした。でも、紅大路が続けた言葉で、一気に奈落《ならく》へ落とされた。

「唇を交わすより、もっと深い接触を試みれば、君に霊力が定着するかもしれないな」

「……キスよりも……もっと深い接触って……」

意味深に囁かれて、背中がぞわぞわする。キス以上の行為は一つしか思いつかない。恥ずかしい想像で頭をいっぱいにした航介は、真っ赤になって反論した。

「な、何を言ってるんですか、からかわないでくださいよっ」

「赤くなったり青くなったり、忙しい顔だな」

紅大路にするりと頬を撫でられて、いたたまれなくて仕方なかった。からかうにしても質《たち》が悪過ぎる。

猫のように、航介は全身の毛を逆立てて警戒した。頬が強張ったのが分かったのか、紅大路は苦笑しながら、大きな手を引っ込めた。

「安心しなさい。君が想像したようなことは、しないから」

「と…っ、当然です！」

「私と定期的に会い、適度に接していれば、霊力を維持することは可能だ。君に遣いを送るから、愛犬に寂しい思いをさせる前に、私のところへ訪ねてくるといい」

会うたびに幽霊に怖い目にあわされ、翻弄《ほんろう》されるくらいなら、紅大路とはこれっきりにさせてもらいたい。でも、ぱたぱた音がするほど尻尾を振って、頭を撫でてほしそうにしているコロを見ると、航介は黙るしかなかった。

（コロ。俺もお前のことを、何時間でも思いっ切り撫でてやりたいよ）

霊力がゼロになったら、コロの姿を見ることもできなくなってしまう。航介は深い溜息をついて、ソファにぐったりと体を預けた。

3

『週刊パパラッチ』編集部を擁《よう》する大手出版社、英談社のオフィスビルは、都心でも緑地の多い文教《ぶんきょう》地区にある。有名大学や研究施設に隣接する静かな佇まいにはそぐわない、殺伐《さつばつ》とした職場だと悪評が立って久しい。

「お前らはいったい、何をやってんだ！」

編集長の怒号とともに、震え上がっている航介の目の前に、バシン、と雑誌が叩きつけられる。

それは『週刊パパラッチ』のライバル誌、『週刊ゴシップ』だ。表紙の装丁は酷似《こくじ》していて、ページ数もほぼ同じ、発売日まで重なっている二誌は、長年熾烈な販売競争を繰り広げている。

「本当にお前らはノロマのクズだな！　よりによって『週刊ゴシップ』にだし抜かれやがって！」

デスクの上で無残《むざん》に折れ曲がっている表紙に、特大サイズのフォントで印刷された大スクープの文字。ハイヤーの車中でキスをしている大女優と国会議員の写真が、これ見よがしに航介の目を刺激する。

発売日を二日後に控えて、今『週刊ゴシップ』は全国の書店やコンビニに配送されている最中だ。鳴海麻衣子と紫藤議員のスキャンダルの決定的な証拠を、いったいどれほどの数の読者が目にするのか計り知れない。

「何でコレがあいつらに撮れて、お前たちに撮れないんだ。園部、お前のカメラは飾りか、それとも鉄クズか」

「……すみません……」

「謝って済むならケーサツはいらねぇんだよ！」

航介の胸に、先日のパーティーで隠し撮りした鳴海の写真が投げつけられた。そばにいたコロが、自分だけは航介の味方だと、編集長にわんわん吠えて抗議している。

第一級の取材対象として、鳴海と紫藤議員を追っているカメラマンは『週刊パパラッチ』に何人もいる。でも、怒鳴られるのはいつも下っ端の航介だ。

罵声《ばせい》に慣れている編集者や記者たちも、今日の編集長の大噴火には為す術もない。ライバル誌に先にスクープ記事を出されることが、売上競争の敗北に直結することを、みんなよく分かっているからだ。

「二人のスケジュールは押さえています。移動先で待ち伏せしたり、網は常に張っているんですが、ガードが固くて」

「鳴海の事務所か紫藤議員の身内に、『週刊ゴシップ』へのリーク元がいるんじゃゃ――」

「だったらお前らもリーク元を作ってこい！　向こうは二の矢三の矢のスクープを出してくるはずだ。これは情報戦だぞ！　お前らはハナから負けてんだよ！」

編集長の目には、ライバル誌と天と地ほど離れた売上数のグラフが見えている。このままスクープを撮れずに、『週刊ゴシップ』に遅れを取ったら、航介には容赦なく契約解除が待っている。

役に立たない駆け出しのカメラマンを、どこの編集部も雇ってはくれないだろう。

（このままじゃ、本当にクビだ。何とかしないと）

さんざん叱責を受けた後、足元に散らばった写真と『週刊ゴシップ』を拾って、航介は自分のデスクに戻った。スクープに恵まれない不運よりも、カメラマンとしてもっと深刻な事態に陥っている。機材を新しくしても、撮影方法にミスがなくても、航介の撮る写真には、悉《ことごと》く白い靄が写り込んで使い物にならないのだ。

「紅大路さんの店で、鳴海の密会現場を撮ってからずっとだ。いったい何なんだよ、この白いのは――」

原因不明の失敗写真を悔やみながら、航介はデスクで頭を抱えた。カメラに故障や異常はない。まともに被写体を撮れなくなった理由が、さっぱり分からない。

「それは霊体ですね」

「はっ!?」

横から突然声が聞こえてきて、航介は驚いた。下っ端カメラマンのデスクはオフィスの隅にあって、すぐ隣はビル街の風景が広がる窓なのに。

「霊体が写り込んだ、俗に言う心霊写真というものです。大方は害のない輩《やから》ですから、ご安心を」

「……あ、あなたは……」

こんなに間近にいても、人の気配をまるで感じなかった。眩しい銀色の髪をさらりと掻き上げて、デスクのそばに紅大路の秘書が立っている。航介は思わず椅子から腰を浮かして、声を潜めた。

「ちょっと、どこから入ってきたんですか。編集部内は部外者は立ち入り禁止ですよ」

「確かにセキュリティは厳しいようですが、壁を抜ければたやすいことです」

「――壁？」

「おい園部！　独り言をくっちゃべってないで、仕事しろ！」

「えっ？　あ、あのっ、こちらに、銀髪の、お客様がいらっしゃるんですけど」

「はァ？　客なんかいねーぞ。俺に楯突《たてつ》くならもっとマシな嘘をつけ」

編集長にまた怒られた航介は、不思議に思って、もう一度秘書の方を見た。男の航介でも感心するほど美形の彼は、涼やかな目を足元に落として、膝に擦り寄るコロを眺めている。

（編集長には見えてなくて、コロが反応してる。……ということは、この人）

ぞぞっ、と背中に寒気が走るのを、航介は止められなかった。

秘書だと思っていた銀髪の彼——正体は幽霊だ。

「な、な、何でっ、嘘だろ？　人にしか見えなかった！　コロみたいに透けてない……っ」

「あなたの愛犬と私とでは、もともとの霊力に差がありますから。あなたがご希望なら、他の方々の目にも見えるようにいたしますが」

「そんな器用なことできるのっ⁉」

「ええ」

こともなげに頷いた秘書に、航介は舌を巻いた。霊力の使い方は、どうやら無限にあるらしい。興味深い彼の誘いに、うっかり乗りそうになってから、航介は我に返った。

「い、いやっ、いいですっ。あなたが姿を見せたら見せたで、多分混乱します。主に女性陣が」

「分かりました。それより、お静かに。騒ぐとまた叱責を受けますよ」

し、と唇の前に指を立てる仕草が、紅大路に似ていてやけに人間臭い。航介は幽霊と普通に話していることがまだ信じられなくて、慌てふためきながらデスクの上の写真をカメラケースに突っ込むと、秘書をオフィスの外へと促した。

「あの…っ、前触れもなく現れるとか、頼むから脅かさないでください。俺はまだ、幽霊の存在に慣れてないんですから」

「慣れてもらっても困ります。生者と霊なる者とは、本来不可侵な間柄《あいだがら》ですので」

「そんなことを言ったら、あなたの雇い主の存在意義がなくなりますよ」

「我が主は、人界と冥界《めいかい》を繋ぐ陰陽師の総領。単なる雇い主ではありません」

秘書はきりりとした眼差しで、そう断言した。彼の誇らしい口ぶりから、とても強い信頼関係を感じる。紅大路の下の名前に『様』をつけて呼ぶ辺り、二人は特別な間柄なのだろうか。陰陽師の総領とやらは、とかく謎が多過ぎる。

「あの、紅大路さんの秘書のあなたが、どうして俺のところに?」

「公威様から案内役を仰《おお》せつかりました。あなたがお困りのご様子なので、ぜひお連れしろ、と」

「え?」

「我が主は千里眼《せんりがん》をお持ちです。霊体の愛犬を従えているあなたに、大変興味を抱いてらっしゃるようですよ」

「俺は別に、コロを従えているわけじゃありません。ただ一緒にいたいだけだよな、なあ、コロ」

「あんっ」

いい返事をしたコロに、ふ、と雇い主によく似た微笑を向けて、秘書はエントランスの自動ドアを通り抜けた。注意深く見ると、ドアのガラスには秘書の姿もコロの姿も映っていない。人間にしか見えない彼が、コロと連れ立ってするりとガラスを透過する様子に、航介はぎょっとした。

（落ち着け。こういうことに、いちいち驚いていたら、身がもたない）

はあ、と深い呼吸をして、乱高下しがちの心臓を落ち着かせる。幽霊と話をすることが日常になるのは、きっとまだ先だろう。

英談社のオフィスビルの前には、幹線道路へとスムーズに繋がるロータリーと、来客用の駐車場が併設されている。そこに停めてあった黒いベンツへと、秘書は航介を促した。

「どうぞお乗りください」

「ちょ……っ、あなたが運転するんですか!?　幽霊なのにっ？」

「何の問題もありません」

そう言って、秘書は運転席のドアガラスを指差した。そこには、透明人間のように映らないはずの彼が、車のキーを手にくっきりと映っている。

「何でもありかよ――」

驚きのあまり、がっくりと落ちた航介の肩を、秘書はそっと叩いた。その手が人間と同じ質感だったから、航介はもう、ぐうの音も出なかった。

「いらっしゃいませ」

「ようこそお越しくださいました、お客様」

航介の出迎えにずらりと並んだ、揃いの白いエプロンに紺色のフレアースカート姿のメイドたち。彼女たちの奥に控えているのは、丁寧に整えた白髪と柔和《にゅうわ》な笑顔が眩しい、まるで絵に描いたような執事。大理石でできた玄関ホールで、航介は借りてきた猫のように小さくなった。

「はじめまして、そ、園部と申します。手土産も持たずに、不調法《ぶちょうほう》ですみません」

「とんでもございません、どうぞお気遣いなく。当邸の主が、サロンでお待ちです。奥へお進みください」

執事の笑顔がいっそう優しくなったのを見て、航介の緊張は少し和《やわ》らいだ。

紅大路が経営する六本木のクラブへ連れて行かれるのかと思ったら、案内されたのは、彼の自宅だった。それは大邸宅と呼ぶにふさわしい白亜《はくあ》の洋館で、東京の真ん中にこんなにも広い土地があったのかと思うほど、英国式の見事な庭園に囲まれている。

「お邪魔します――」

洋館の造りは圧巻の一言だ。玄関ホールから一歩進んだだけでも、ヨーロッパの近代建築を取り入れた柱や壁といい、声が反響するほど高いドーム型の天井といい、素晴らしい仕様に目を奪われる。コロも驚いているのか、航介の足元にぴったりとくっついて離れない。

（建築物はあまり撮ったことがないけど、これはすごい。経年の具合から見て、大正時代から昭和初期にかけて建てられたものかな。特別に撮影させてもらえないか、交渉してみようか）

目に入るもの全てが品よく、最高の被写体で、航介は純粋に感動した。それに、この邸宅は門をくぐった瞬間から、とても爽やかな清々しい気分がするのだ。

（執事やメイドさんがたくさんいるのに、不思議なくらいしんとしてる。澄んだ空気が、まるで神社の境内《けいだい》みたいだ）

平安時代から続く陰陽師の住まいが、とびきり洒落た洋館だったとは意外だった。長く続く廊下には、立派な額縁に入った写真がいくつも飾られている。

何気なく写真に目をやった航介は、ある人物を写した一枚の前で足を止めた。教科書に載っている政治家の中で、その人物ほど国民の支持を集めた総理大臣はいない。『稀代《きだい》の名宰相』と呼ばれ、戦後の復興に尽力し、現在の平和な日本の礎《いしずえ》を築いた人だ。

「紫藤源一郎《げんいちろう》――」

今スキャンダルで揺れている紫藤陽一議員は、源一郎氏の直系の孫にあたる。紫藤議員の父親も政治家だが、無能な二世議員として目ぼしい功績は残していない。それどころか、収賄や汚職で議員辞職に追い込まれ、政界に復帰することなく数年前に亡くなった。だからこそ、世間は源一郎氏の孫に注目し、活躍を期待していたのだ。

「あの、源一郎元総理の隣に写っているのは、どなたですか？」

航介が尋ねると、脇に控えていた執事が、とても誇らしそうな顔をして答えてくれた。

「当邸の先々代の主、公毅《きみたけ》様です。公威様の御祖父様にあたられ、源一郎氏の顧問としてご活躍なさいました」

「顧問？」

「戦後の諸外国との折衝《せっしょう》や、重要な条約の締結など、国家を動かす決断をなさる際には、源一郎氏は必ず公毅様に意見をお求めでした。公毅様は占術に長けた御方でしたので、星の運行や月の満ち欠けで占いを施し、的確な助言をなさったのです」

「大事な国の舵取《かじと》りに、占いを使っていたんですか――？」

「大変なお役目だからでしょうか、政治家の方は験《げん》を担いだり、運や縁起を大事にされる方が多いのですよ。選挙の出馬の際は祈禱《きとう》をご希望されるみな様が、当邸に列を成します」

「すごいなあ。じゃあ、今の当主の紅大路さんが、祈禱を請け負っているんですか」

「ええ。紅大路家は平安の世から、陰陽師として帝にお仕えした家柄。時代が変わっても、権力をお持ちの方々は信頼をお寄せくださいます」

政治家が自ら通ってくるほど、陰陽師の総領は平成の時代にも確固とした地位を築いている。

でも、紅大路という名は歴史の教科書に出てこない。ネットで検索してみても、旧華族の名鑑に

『紅大路男爵』とひっそり載っているだけだ。

「陰陽師の力を使えば、権力者側に立つこともできそうなのに。どうして紅大路家の当主は、将軍や総理大臣にならなかったんだろう」

率直な航介の言葉に、執事と秘書が顔を見合わせている。そして、二人は同時にぷっと噴き出した。

「え？　何で笑ってるんです？　俺、変なこと言いましたか」

「――失礼いたしました。当主に仕える誰もが、一度は同じことを考えこそすれ、口にしたことはありませんでしたから」

「『紅大路は影の臣。星を見、術を操り、闇を穿《うが》つとも、光とは成らず』。初代当主が時の帝に奏《そう》上《じょう》した誓詞《せいし》です。この誓いを破り、仮に権力者となったとしたら、きっと紅大路家は陰陽師としての力を失っていたことでしょう」

「へえ……。もったいない気がするけど、誓いをずっと守り続けてきたことに、意味があるんですね」

はい、と自信たっぷりに答えた二人に、航介も頷いた。

力に驕《おご》らず影に徹した歴代当主にとって、廊下に飾られた写真だけが、活躍した証《あかし》なのだろう。

政治家だけでなく、有名企業の創業者や、外国の大使、プロのスポーツ選手と撮った写真もある。

現当主の写真がないか探していると、窓の向こうに庭園を望むことができる、とても広い空間に出た。煉瓦《れんが》造りの暖炉《だんろ》と、アンティークな家具が絵になるサロンに、紅茶のいい香りが漂っている。

「やあ、園部くん。待ちくたびれたよ」

「紅大路さん……」

「私の邸へようこそ。プライベートな客人は久しぶりだ。君とコロを歓迎しよう」

「あんあんっ」

瀟洒な猫脚のソファが、こんなにも似合う男性を、航介は初めて見た。長い指でカップを持つさまが、さながら午後のティータイムを過ごすヨーロッパ貴族のようで、ここは本当に日本なのかと疑いたくなる。

(分かった。この人は生まれてくる時代と場所を、間違えたんだな)

貴族階級がなく、生活の隅々まで最先端科学に恵まれた現代の日本に、男爵の家柄の陰陽師が暮らしているなんて、ややこしくて仕方ない。たくさんの店舗やビルを所有する実業家としての顔は、紅大路の素性を分からなくする隠れ蓑にしか思えなかった。

「秘書を迎えにやったが、何か失礼なことはなかったか?」

「いいえ。まさか幽霊がうちの編集部に現れたり、車の運転までしてくれるとは思いませんでしたけど」

「彼は幽霊ではないよ」

紅大路の一言に、航介は大きく瞬きをした。幽霊でないとしたら、いったい何だ。当の秘書は、メイドが運んできたワゴンの向こうで、すまし顔をして紅茶を淹《い》れている。

「人の姿をしているが、死者の成れの果てではない。彼は紅大路家の守護役として、家宝の太刀に宿った精霊だ」

「……太刀の、精霊……？」

ある光景を思い出して、航介ははっとした。

紅大路の店で怨霊に襲われた時、彼は太刀で撃退した。紅大路が怨霊を切り裂いた、あの銀色に輝く美しい太刀に宿ったものが、秘書の本当の姿だったなんて。航介はぶるぶるっと首を振って、理解の範疇《はんちゅう》をとっくに超えている話に身震いした。

「分かりません。全っ然、紅大路さんが何を言っているのか分かりません」

「公威様、私の素性など些末《さまつ》なことです。園部様が大変混乱しておいでのようですよ」

「まったく。いつまでも物慣れない人だな、君は」

「慣れるわけないでしょうがっ。俺はカメラに写るものしか信じない、オカルトも超常現象も信じてない人間だったんですよっ」

「かわいそうに。君はまだ、死してなおそばにいた愛犬の存在を認められないのか」

「きゅうん？」

「コロのことは特別だって、何度言ったら分かってくれるんですか、あなたは」

「園部くん、彼もまた、私の特別な存在だということだよ」

瞳を細めた主に呼応するように、秘書は静かに一礼した。銀色に煌めく彼の髪が、窓から射し込む陽に神々《こうごう》しく透けていて、その麗容《れいよう》が人外の存在であることを、あらためて航介に認識させる。

「彼の名は霧緒という。人に接するのと同じように、親しくしてやってほしい」

「――どうぞお見知りおきを」

かちゃりと小さな音を立てて、霧緒は湯気の立ち上る茶器をテーブルに置いた。精霊の淹れた紅茶は、いったいどんな味がするのだろう。

「い、いただきます」

飲んだら自分も、精霊や幽霊になったりしないだろうか。怖々カップに口をつけてみると、普段編集部に置いてあるインスタントコーヒーしか飲まない航介は、渋味のないまろやかな味に目を丸くした。

「おいしい……。こんなにちゃんと淹れてもらった紅茶を飲むのは、初めてかも」

「恐れ入ります」

「気に入ったのなら、何よりだ」

満足そうに微笑む紅大路へと、霧緒が焼き菓子を盛った皿をそっと勧める。このサロンでは、きっと毎日同じような光景が繰り広げられているのだろう。

紅茶の芳醇《ほうじゅん》な香りに彩《いろど》られた、貴族のまったりとした時間にうっかり浸りそうになって、航介は慌ててカップを置いた。

「のんびりお茶をしている場合じゃないんですっ。紅大路さん、何とかしてください」

「何とか、とは？」

「わざわざ迎えまで寄越して、俺をここへ呼んだくせに。とぼけるつもりですか」

航介はいつも持ち歩いているカメラケースを開けて、中から写真の束を取り出した。

「見てください。この間から俺の撮った写真に、白い靄みたいな変なものが写ってるんです。霧緒さんが、これは心霊写真だって」

テーブルに並べた写真を一瞥《いちべつ》すると、紅大路は、ああ、と頷いた。

「霧緒の見立ては正しい。君が霊力を持ったことで、君の周囲に浮遊している霊体たちが顕在化《けんざいか》したんだよ」

「……あの、素人《しろうと》の俺にも分かるように説明してもらえますか……」

「霊力と霊力は引き寄せ合うと言っただろう？　この写真は、たまたま寄ってきた霊体が写り込んだだけだ」

とっくに予想していたとでも言いたげに、紅大路は溜息混じりで答えると、長い指先を写真の上に滑らせた。すると、指の腹が触れた箇所から、白い靄が消えていく。まるで降り積もった雪を拭うような、紅大路の不思議な力に、航介の目は釘付けになった。

「え……っ？　すごい――、何をしたんですか、今」

「祓いの術を施した。術と言うほどたいそうなものでもないが」

「公威様、念のため式神《しきがみ》をお使いください。公威様のお力では、祓いの必要のない被写体まで消滅させてしまいます」

「ああ、そうだな。微力な霊体を相手にするのは、加減が難しい」

紅大路は上着の内ポケットに手をやると、数枚の紙を取り出した。薄い和紙でできたそれは、頭と手足が切り抜かれた人のような形をしている。胴体の部分には、朱色の墨で謎の文字や印が書かれていて、少し不気味だ。

「――巽《たつみ》の賢者たち、出《い》でよ」

ふうっ、と紅大路が息を吹きかけると、人型の紙は宙を舞い、テーブルへと落ちた。いや、落ちたというより、降り立った、という方が正しい。

「お呼びですかの、公威ぼっちゃま」

「ぼっちゃまは今日もいい男じゃの」

「ぼっちゃまがいい男でなかったことなど、生まれてこの方一度もないわい」

紙に代わってテーブルの上に突如現れた、白い着物を纏った老人たち。掌に乗るくらい小さなサイズのくせに、ぺちゃくちゃとしゃべり声がうるさい。

「紙が小人《こびと》になった！」

航介はびっくりして、ソファから飛び上がった。今目の前で起こったことは、手品なのか、トリックなのか。長い髭《ひげ》を皺くちゃの手で撫でながら、小人の老人たちが航介を見上げている。

「失敬な。我らは小人に非《あら》ず、修験《しゅげん》によって陰陽道を極めた賢者じゃ」

「力なき者ほど相手を侮《あなど》るものよ。おぬしには紅大路家に千年仕える我らの誉《ほま》れは分かるまい」

「――口だけ達者な爺《じじ》ども、無礼はそちらだ。お客様には礼儀正しく振る舞え」

「ややっ！　霧緒、この出たがりめが！　精霊らしく太刀に戻っておればよいものを！」

「公威ぼっちゃま、年長者を大事にせぬ此奴《こやつ》を側仕《そばづか》えになさるとは、ぼっちゃまの名折れになりますぞっ」

そうじゃそうじゃ、と口を揃える小さな賢者たちと、ふん、とそっぽを向く霧緒。人外の存在どうしの実に人間っぽい喧嘩に、航介は啞然とし、紅大路は苦笑した。

「お前たちの喧嘩は見飽きたよ。爺殿、急な呼び出しですまないが、客人の写真の祓いを頼みたい」

「承知いたしました。では、早速」

「それから、お前たちに先日預けた、あれを出しておくれ」

「おお、お安い御用《ごよう》じゃ。暫《しば》しお待ちを」

杖を持っていた賢者の一人が、それを自分の背よりも高々と掲げ、中空にくるりと円を描く。円が白い光の塊《かたまり》になって輝き出したかと思うと、賢者たちの呪文の大合唱とともに、塊はひとりでに形を変えた。

「え……っ、俺のカメラ……？」

光が消えた後、賢者の杖の先にあったのは、ネクタイピンにしか見えない小さなカメラだった。紅大路に初めて会った時、鳴海麻衣子と紫藤議員の密会現場を隠し撮りしようとして、没収されてしまったものだ。

「園部くん、これは君に返しておく」

賢者からカメラを受け取ると、紅大路はそれを、航介の掌に載せた。

「どうしてですか？　とっくに壊されているか、捨てられたものだと思っていたのに」

「失礼千万《せんばん》。小童《こわっぱ》っ、口の利き方に気を付けよ！」

「す、すみませんっ」

「公威ぼっちゃまは、我らに除霊を頼まれたのだ。おぬし、これで怨霊を撮ろうとしただろう」

「あ――」

確かに、カメラを没収される前、黒い影の姿をした怨霊を撮影した。初めて見た超常現象を、ありのまま証拠に残したいと思ったのだ。

「駄目だったんですか、撮ったら」

「駄目に決まっておるわ、この愚か者！」

「粗忽者《そこつもの》！　このカメラは怨霊に穢《けが》されておったぞ！」

「馬鹿者！　公威ぼっちゃまがおられなかったら、おぬしは怨霊の瘴気を撒《ま》き散らし、周囲に危害が及んだかもしれぬのだぞ！」

賢者たちに叱りつけられて、航介は言葉を失った。怨霊は時として人間を利用し、傷つけることがある。それを身を以《もっ》て体験したはずなのに、航介はまだ、霊とは何なのか理解できていなかった。

「園部くん。鏡やレンズのように姿を映すものは、怨霊にとって格好の住処となる。合わせ鏡は魔物の通り道になると、よく言うだろう」

「……は、はい、聞いたことがあります。迷信だと思っていました、けど」

「人でも物でも、怨霊や魔物が内側に入り込めば、その穢れを取り除くのは簡単ではない。君のカメラは、謂《い》わば汚染された状態だった。賢者の術で浄化してあるが、今後は、危険なものにカメラを向けるのはやめなさい」

「紅大路さん――」

掌の中の小さなカメラが、俄に重みを増した。自分が大きな誤解をしていたことに気付いて、恥ずかしくて、航介の頰がかっと熱くなる。

(この人は、カメラを取り上げたんじゃなくて、俺のことを助けてくれたんだ)

紅大路は、思っていたよりも、ずっと優しい人なのかもしれない。彼がいくら陰陽師の総領だからと言って、知り合ったばかりの無知な航介を、怨霊から守る義理はないのだから。

「どうした。顔が赤いな」

すっと伸びてきた紅大路の手が、航介の頰に触れた。彼の肌はいつも冷たい。でも、薄い皮膚一枚のその下には、優しく温かなものが確かにあるのだ。

(俺はこの人に甘えてるんじゃないか。出会った最初から、俺は紅大路さんの足を引っ張ってばかりいる)

このまま彼に、守られ続けるわけにはいかない。陰陽師のことも、怨霊のことも、霧緒やうるさい賢者たちのことも、航介には知らなければならないことがたくさんある。そう思ったら、勝手に口が動き出すのを、止められなかった。

「紅大路さん、あなたのことを、俺に教えてくれませんか。あなたが生きてきた、俺の知らない世界のことを、俺は知りたいです」

「……知ってどうする。君の目には見えない者たちの世界だ。そこには、恐怖しかないかもしれない」

紅大路の大きな手が、航介の頬から離れていく。彼が置こうとした距離も、きっと優しさの裏返しだろう。こちらの世界に近付くな、と、冷たいふりをしながら、航介の身を心配してくれている。

二人のことを、コロが小首を傾げて眺めていた。遊んでもらえるまでじっと待っている、賢くてかわいいコロに再会できたことが、紅大路と航介の奇妙な縁の始まりだった。

「俺は紅大路さんのおかげで、コロが見えるようになりました。幽霊のコロのことを、怖いと思ったことは一度もないです」

「園部くん」

「俺には紅大路さんみたいな力はないけど、自分で自分の身を守るくらいは、できるようにしたいんです。だから、お願いします。俺にもっと、見えない霊たちの世界を教えてください」

頭を下げた航介には、今紅大路がどんな顔をしているか見えなかった。でも、コロが尻尾を振りながら彼に駆け寄っていったから、怖い顔はしていなかったのだろう。

「——困ったな、コロ。君の主人は、意外に強情なところがあるようだ」

「わふんっ」

僕もそう思う、とコロは答えたのかもしれない。強情だと言われても、航介は一度決めたら後には引かない性格だ。

「今のままでは、俺は心霊写真しか撮れないカメラマンになってしまいます。スクープを追えなくなったら、仕事を続けていけません」

「君はこれからも、他人のスキャンダルを暴くつもりなのか？」

「それが、駆け出しの俺にできる精一杯の仕事ですから。今日だって編集長に怒鳴られました。ライバル誌に先にスクープを撮られて、お前は何をやってるのかって」

航介はカメラケースを探って、皺くちゃの『週刊ゴシップ』を取り出した。車中でキスを交わす鳴海麻衣子と紫藤議員が、不倫現場を激写した一大スクープとして巻頭のページを飾っている。

「『週刊ゴシップ』の発売日は俺が契約している『週刊パパラッチ』と同じ、明後日です。売上次第では、俺はお払い箱になるかもしれません」

穏やかな表情をしていた紅大路が、ふと眉をひそめた。航介は構わずに、『週刊ゴシップ』の表紙をめくって、鳴海と紫藤議員の写真を悔しい思いで見下ろした。

「最初に紅大路さんの店に潜入した時、運がよければ、俺もこんな写真が撮れたのに。あなたに捕まった上に、怨霊騒ぎでそれどころじゃなくなったけど」

「私が君のチャンスを奪ってしまったということか」

「……いえ。カメラマンは、撮った写真でしか評価されませんから」

紅大路のことを責めるつもりは、ほんの少しもなかった。潜入までしてスクープを追ったのに、肝心の密会現場に踏み込む勇気が足りなかった。それを分かっていて、運が悪かったと、自己弁護をしていることが情けない。

すると、紅大路は少しの間何かを考えてから、傍らにいた霧緒へと目配せした。

「私の電話は」

「はい。こちらにございます」

「――園部くん、君のライバル誌とやらは、どこの出版社が出している」

「え…、新東京《しんとうきょう》出版、ですけど」

「霧緒、新東京出版の遠藤《えんどう》社長の番号を」

「かしこまりました」

紅大路が何を言っているのか、よく分からなかった。霧緒は命令されるままに、携帯電話の画面をタップして、電話帳を呼び出している。

「紅大路さん？　何をしているんですか、新東京の社長の番号なんか、何で知って――」

「明後日の発売なら、まだ間に合う。ライバル誌が店頭に並ぶ前に、出版を差し止めよう」

「な……っ、馬鹿言わないでください！　そんなことできるはずないでしょう」

「遠藤社長とは、私的な顧問として信頼関係を築いている。損失はこちらが負担することを条件に出せば、交渉はすぐに成立するはずだ」

「紅大路さん、ちょっと待って。発売直前の差し止めなんて、あり得ない！」

「ライバル誌が発売されれば、君は困るんだろう？　安心しなさい。私に任せておけば、何も心配はいらないよ」

紅大路に優しい声でそう言われて、航介は冷や汗をかいた。相手が彼でなかったら、冗談を言うなと笑い飛ばすことができたのに。

(本気だ。この人なら、どんな無茶なこともやってのける)

航介は、この邸の廊下に飾られていた写真を思い起こした。元総理大臣や、たくさんの政治家、企業家、高名な人々と写る紅大路家の歴代当主たち。航介には近寄ることもできない政財界の裏側で、紅大路家は陰の存在として力を振るってきたはずだ。だから、雑誌を差し止めるくらい、電話一本かけるだけで解決してしまう。

「やめてください、紅大路さん。俺はそんなこと頼んでない」

「何故止める？　君にもメリットがあるだろう」

「メリットでも何でもないですよ。発売を止めたって、他のカメラマンにスクープを先取りされたことは変わりません」

「意地を張る必要はない。何も君だけのメリットというわけではないから」

「え？」

「――紫藤議員の身辺が騒がれることを、私は望んでいない。私の祖父の代から、紅大路家は紫藤家と深い繋がりがある。源一郎元総理は、自分の孫が醜聞《しゅうぶん》に塗《まみ》れることを喜ばないだろう」

がん、と航介は頭を殴られたような衝撃を受けた。陰陽師の家と、元総理大臣の家に、どんな繋がりがあるのかは知らない。知りたくもない。でも、紅大路がしようとしていることは、スキャンダルを隠蔽《いんぺい》することと同じだ。

「……何ですかそれ……っ、ふざけるな！」

沸騰《ふっとう》するような怒りを、航介は止められなかった。おとなしくしていたコロが、激昂《げっこう》した航介に驚いて耳をぴんと立てる。

「裏で繋がってるからって、スキャンダルを隠すなんて許されませんよ。事実はちゃんと報道されるべきだ。あなたは俺を助けるふりをして、自分たちの利益を優先させてるだけじゃないですか！」

サロンの高い天井に、航介の声が反響している。テーブルの上の賢者たちが、小さな拳を振り上げて航介に抗議した。

「何たる無礼！　そこへ直れ！」

「紅大路家の当主を愚弄《ぐろう》する気か、おぬし！」

「静かに。控えなさい」

憤慨《ふんがい》している賢者たちを制して、紅大路はまっすぐな眼差しを航介に向けた。彼の黒く澄んだ瞳は、探っているようにも、試しているようにも見える。

「私は、君にもメリットになると言った。君だけ不利益にはさせないつもりだよ」

「メリットなんか、どうでもいいんです。どこの雑誌がスクープを出すとか、俺のクビとか、もう関係ない。紫藤議員の件を隠蔽するなら、俺はカメラマンとしてあなたと戦いますよ」

「低俗なスキャンダルに、君をそこまで怒らせる価値があるとは思えないが」

「価値を決めるのは、自分が撮った写真だけです。紫藤議員はただの人じゃない、国民が選挙で選んだ国会議員だ。スキャンダルは彼に投票した人への裏切り行為です」

紫藤議員が一般人だったら、いくら人気女優との不倫でも、しつこくスクープを追ったりしない。不義や不正が許されない国会議員だから、航介はスキャンダルにカメラを向けようと思ったのだ。

「あなたは低俗なスキャンダルだと言うけど、国会議員の不倫をそれで片付けられますか？　俺は、事件を追う気持ちで今回の一件を追ってるんですよ」

「事件？」

「はい。……俺は学生時代に出版社でバイトを始めて、プロのカメラマンを目指すようになりました。卒業して契約できたのは、『週刊パパラッチ』の芸能カメラマン枠だったんです」

もともと、趣味で写真を撮っていた航介が、簡単にプロのカメラマンになれるはずもない。今も芸能人に罵倒されたり蛇蝎《だかつ》のように嫌われながらも、必死になってスクープを追い、カメラの腕を磨いているのだ。

「二世議員の紫藤議員の父親は、収賄や汚職の醜聞が絶えない人でした。だから世間は、三世の紫藤議員に期待したんです。名宰相の孫、源一郎氏の再来だ、って。でも、クリーンなイメージは鳴海麻衣子との不倫で地に落ちてしまいました」

二人の不倫が報道されたきっかけは、鳴海のマンションから出てくる紫藤議員を偶然撮った、芸能雑誌の一報だった。

カメラは時に残酷に、被写体のありのままを写し出す。嘘や偽《いつわ》りの利かないものだからこそ、隠された秘密にフラッシュの光を当てることができるのだ。

「不倫をするような国会議員を、有権者は許しません。もっと探っていけば、紫藤議員も父親と同じように、何かの汚職に手を染めているかもしれない。それが彼の真実の姿なら、俺は、カメラの力で全部暴きたいです」

「君のカメラは、真実を写す鏡だと言いたいのか」

「そうであるべきだって、いつも思いながらシャッターを切っています。今はスキャンダルしか撮れなくても、その裏にもっと大きな秘密があるのなら、俺は何度でもカメラを向けます」

自分の中の、かっかと燃える熱につき動かされて、航介はそう言い切った。

駆け出しのカメラマンに、いっぱしの矜持《きょうじ》があるとしたら、被写体が何者でもまっすぐに向き合うことだ。メリットや打算のためにピントをずらしたら、航介はカメラマンではなくなってしまうだろう。

しんと静まったサロンに、航介の心臓の音だけが、どくんどくんと響いていた。勢いに任せて青臭いことを言ったかもしれない。沈黙に耐えられなくて、汗ばんできた頬を拭っていると、航介の目の前にハンカチが差し出された。

「使いなさい」

紅大路の持ち物のそれが、とても白くて清潔そうだったから、航介は思わず首を振った。ジーンズのポケットに手を入れて、自分のハンカチを探していると、頬をふわりとシルクの生地が撫でた。

「目が覚めるような思いだ。君と出会ってから、私はいったい、君のどこを見ていたのだろう」

「……紅大路さん……?」

「侮辱《ぶじょく》的なことを言ってすまなかった。さっきのライバル誌の差し止めの話は、忘れてほしい」

航介は、ほっとして頷いた。紅大路の後ろで、ずっと無言を貫いていた霧緒が、手に持ったままだった携帯電話をテーブルに置く。まだ何か言いたそうだった賢者たちは、コロに全身をぺろぺろと舐められて、毒気を抜かれてしまったようだった。

「園部くん、君は信念を持っている、とても真摯《しんし》なカメラマンだ」

「お……俺のことを、そんな風に言ってくれたのは、紅大路さんが初めてです」

「君の信念は、とても眩しい。私は人でない者の世界に寄り添い過ぎて、生者の熱い思いが見えなくなっていた。――気付かせてくれてありがとう。君に出会えて、嬉しい」

人を煙に巻いてばかりだった彼とは思えない、とても直截《ちょくせつ》な囁きに、航介の心音がピッチを上げた。紅大路に初めて、一人前のカメラマンと認めてもらえたようで、面映《おもは》ゆかった。

「俺も、嬉しいです。あなたともっと、話がしたい。幽霊のことだけじゃなく、カメラのことや、俺の仕事のことも。いいですか?」

「ああ。まずは紅茶のおかわりを淹れて、君の撮った写真を見よう」

「はい。白い靄ばっかりで、出来は悪いですけど」

「――大丈夫だ。君のカメラが写したものは、私の目にはどれも美しい」

ハンカチを握った紅大路の手に、強い力がこもっていたのを、航介は見た。今その手に触れれば、温かな彼の体温を感じられたかもしれない。でも、航介は照れ臭くて、自分の手をぎゅっと握り締めただけだった。

4

『週刊ゴシップ』がスクープ記事を出して間もなく、紫藤《しとう》議員と鳴海麻衣子《なるみまいこ》が、メディアから姿を消した。

紫藤議員は表向き病気療養中となっているが、目白《めじろ》の高級住宅街にある自宅での目撃情報もなく、政治家御用達《ごようたし》の都内の大学病院にも、彼が入院しているという情報はない。鳴海の方は事務所のブロックがさらに厳しくなり、マスコミ関係者をシャットアウトしている。

ライバル誌とのスクープ競争に負けた『週刊パパラッチ』は、雲隠れした紫藤議員と鳴海の行方を探るチームを作った。何とか契約解除を免《まぬか》れた航介《こうすけ》は、アシスタントに降格されて、先輩カメラマンの雑用や連絡役をしながら懸命に取材をサポートしている。

パーカーのフードを目深にかぶり、パンと缶コーヒーの入ったコンビニの袋をがしゃがしゃとさせながら、航介は路肩に停めたワンボックスカーに乗り込んだ。ウィンドウに黒いスモークを貼ったその車は、先輩カメラマンの私物で、張り込み取材をする時によく使っている。

「お疲れ様です。もう遅い時間なんで、少し腹に入れて、仮眠とってください」

「おお、交代してくれ。鳴海が現れても追い過ぎるなよ。撮るだけ撮って、あとは泳がせろ。紫藤議員と合流するのを待った方が、撮れ高《とだか》がいい」

「はい」

カメラマン歴の長い先輩は、張り込みの経験も豊富で、とても頼れる人物だ。航介が慕っていることが分かるのか、一緒に車に乗り込んだコロも、先輩にかまってほしそうに尻尾を振っている。

「――ふあぁあ眠ぃ。このヤマが終わったら二度とコンビニパンは食わねー」

「前の張り込みの時も、そんなこと言ってたじゃないですか」

あくびをしながら餡《あん》パンを頬張った先輩は、うるせぇ、と言い返す元気もないらしく、半分も食べないうちに寝てしまった。

芸能人がよく出没する都心のスポットではなく、閑静な住宅街に建つ一棟のマンションを、今何台くらいのカメラが狙っているのだろう。路地と路地の間に隠れるように停まっている車は、きっとどれもマスコミ関係者だ。

（多いな。……情報提供があってから、もう二時間は経《た》ってる。今夜も空振りかも）

鳴海のことを、所属事務所が借り上げているマンション周辺で見かけたという情報は、先輩の個人的なコネがあるタレントからもたらされた。雲隠れ中の鳴海の写真は、ワンショットでも相応の価値がある。紫藤議員とのツーショットなら社長賞ものだが、スクープ直後にそれを撮られるほど、二人は無防備ではないだろう。

（どうか白い靄《もや》が写りませんように。心霊写真なんか撮りたくないよ）

ファインダー越しに覗《のぞ》くマンションのエントランスに、人影はない。慢性的な疲れと、じりじりとした焦燥感《しょうそうかん》がつのっていくのを、うまくやり過ごす方法なんかない。あるかどうかも分からないシャッターチャンスに懸《か》けて、今夜もただ、ひたすら待つだけだ。

フロントガラスの向こうの、小雨の降り出した風景を見つめながら、何時間過ごしただろう。うとうとし始めた航介の視界を、黒い外国車が横切った。鳴海のマネージャーの車のナンバーだ、と咄嗟《とっさ》に気付いて、カメラを構え直す。

「来た……っ！　先輩、先輩！　起きてください！」

「んぁ？」

「鳴海麻衣子です！」

「カ――カメラ！」

飛び起きた先輩は、連写していた航介からカメラを奪って、自分で撮影し始めた。車を降りた鳴海は、サングラスとスカーフで顔の半分を覆っていた。足早にエントランスへ向かう後ろ姿を、車の中からマネージャーが心配そうに見送っている。

「鳴海さん！　お話聞かせてください！」

「どちらからお帰りですか!?　紫藤議員とはご一緒だったんでしょうか？」

数人のカメラマンや記者たちが、どこからともなく現れて、あっという間に鳴海を取り囲んだ。容赦のないフラッシュの嵐と、顔を手で隠しながら逃げ惑っている彼女の姿に、仕事中は鳴りを潜《ひそ》めていた航介の良心が痛んだ。

「何だあいつら！　どこの連中だ！」

先輩が忌々《いまいま》しそうに座席の下を蹴った。運転席から走り出てきたマネージャーが、鳴海を抱えるようにして車に連れ戻している。

紫藤議員と合流するまで、いったん彼女を泳がせるという先輩の計画は、中止せざるを得なくなってしまった。蟻《あり》のように群がるカメラマンたちを振り切って、鳴海を乗せた車がマンション前から走り去っていく。

「仕方ない、園部《そのべ》、早く出せ！　あの車を見失うな！」

「はい！」

航介はカメラを先輩に任せ、アクセルを踏んだ。追う者と追われる者、スピードを上げた車列が、黄色信号の交差点を駆け抜けていく。航介は無我夢中でハンドルを繰りながら、いつ終わるともしれないカーチェイスにのめり込んでいった。


収穫の乏《とぼ》しかった夜を過ごして迎えた朝は、太陽がやたら眩《まぶ》しく感じられるから、雨が降り続いてくれた方がいい。鳴海のマネージャーの方が一枚上手だったのか、タイヤを摩《す》り減らしたカーチェイスは、マスコミ側の敗北に終わった。

一睡もしないまま『週刊パパラッチ』の編集部に顔を出して、先輩が撮った鳴海の写真を編集長に提出してみると、次号で掲載されることが決まった。今はどこの雑誌も、鳴海と紫藤議員のスクープに飢えている。ツーショット写真でなくても、先輩と張り込んだ成果を編集長に認めてもらえて、純粋に嬉しい。でも、航介が撮った写真はまた白い靄が写っていて、一枚も採用されなかった。

（やっぱり、駄目か。早く除霊の術を身に着けないと、本当にカメラマンとしてやっていけなく

なる）

徹夜明けの今日は、ちょうど紅大路《べにおおじ》のところへ立ち寄る約束をしていた。自分のアパートに帰るよりも、彼の邸宅の方がここから近い。甘えている自覚があっても、疲れ切った体を休める場所を選ぶのに、物理的な理由ほど有効なものはないのだ。

「……眠たい。腹へった。よく干した布団の中で焼肉食べたい――」

「アホ言ってんな。帰るぞ、園部。近くまで送ってやるよ」

眠気のピークで意識が朦朧《もうろう》とすると、欲求に忠実なことを口走ってしまう。いつも長時間になる会議や編集部内の雑用を終えて、やっと仕事から解放されると、時刻はもう昼過ぎだった。

面倒見のいい先輩の誘いを丁重に断って、愛用のバイクに跨《また》がること約十五分。どうにか事故を起こさず運転して、都心に小さな森を形成する紅大路邸の敷地に入ると、執事とメイドたちが出迎えてくれた。

「いらっしゃいませ、園部様」

「こんにちは。また寄らせてもらいました」

「心よりお待ちしておりましたよ。園部様、随分《ずいぶん》お顔の色がすぐれないようですが、お休みは取ってらっしゃいますか？」

「あ……、いえ。昨日からほとんど寝ていなくて」

「それはいけません。すぐにお部屋のご用意をいたしましょう」

「ではわたくしは、お風呂とお着替えの支度を」

「わたくしはお食事とお飲み物の支度を」

「すみません、面倒をかけて。いつもありがとうございます」

「園部様がお越しになる際は、精一杯おもてなしをするようにと、主から仰《おお》せつかっております。ご遠慮なくお寛《くつろ》ぎください」

こんな立派な邸宅の主人が、疲れてボロボロのカメラマンを最上級の客として扱ってくれるなんて、こそばゆい。

いつも物腰の柔らかい執事と、てきぱきと仕事をこなすメイドたちは、航介が訪ねてくるたび歓迎してくれる。コロのことも大事に思ってくれていて、散歩に連れて行ってくれたり、庭先でフリスビーやボール遊びに付き合ってくれるほどだ。

(みんな優しくていい人たちなんだよな。——人じゃないけど)

この邸宅で働いている人々が、実は全員幽霊だと聞いた時、本気で自分の視力を疑った。みんな長らく紅大路家に仕《つか》えていて、代々の当主を敬愛するあまり、この世に留まることに決めたらしい。

ここには幽霊の他、太刀《たち》の聖霊や白髭の小人たちもいる。オカルトを信じていなかった、少し前の自分には、きっともう戻ることはできない。付き合ってみれば人間と変わらない、紅大路を取り巻く人外の存在たちに、航介はだんだんと馴染《なじ》み始めていた。

「よいか小童《こわっぱ》、心静かに、そして気を指先に集中させよ」

「――はい」

昨夜撮った写真の中の白い靄に、航介はそっと人差し指を置いて、目を閉じた。指の腹に感じる冷たさは、心霊写真として痕跡を残した幽霊の温度だろうか。

執事たちに用意してもらった客室で、仮眠と食事をとった後、航介は陰陽師《おんみょうじ》の術の手ほどきを受けた。講師は白髭の賢者たちだ。

「復唱せい。『清魂天昇《せいこんてんしょう》、怨霊安土《おんりょうあんど》』」

掌《てのひら》サイズの三人の賢者が、航介の頭、そして両肩の上に乗り、小さな手で触れて霊力を分けてくれる。その力が体じゅうに漲《みなぎ》るのを感じながら、航介は深く息を吸い込んだ。

「『清魂天昇、怨霊安土』」

「これは『清らかなる魂《たましい》は天に昇り、怨霊は安らかに土に眠れ』という祓《はら》いの真言《しんごん》じゃ」

「さあ、真言を三度繰り返し、左から右へ、指で写真を拭うべし」

「『清魂天昇、怨霊安土』、『清魂天昇、怨霊安土』、『清魂天昇、怨霊安土』――えいっ！」

紅大路がした祓いの様子を思い浮かべて、言われた通りに、人差し指で写真を拭う。手品のように白い靄が消えてくれるかと思ったら、あえなく航介の期待は裏切られた。

「……まったく変化なし……」

試しに同じことをもう一度やってみても、結果は変わらない。心霊写真は心霊写真のままだ。

「くうん。きゅうん」

そばで見守っていたコロが、落ち込んだ航介を慰めようと、人差し指を甘噛みしてくれる。でも、賢者たちにもらった力を使い果たした航介に、コロは触れることができない。人差し指を素通りした歯を、もどかしそうにしまい込んで、コロは顔をしゅんとさせた。

「ごめん。お前は優しい相棒だな、コロ。次、またがんばるよ」

「嗚呼《ああ》、悲しきほどに才のない奴」

「霊力を扱えぬのにも、限度というものがあるわ」

「その上、与えるそばから霊力を消費しおって。おぬしは我らを干からびさせるつもりかっ」

これ以上どう干からびる余地があるのか、皺《しわ》くちゃの顔で賢者たちが怒っている。小人の腕力でも、髪や耳朶《みみたぶ》を引っ張られたり、思い切り頬を抓《つね》られたりすると痛い。

「イデデデっ。才能がないのは、俺の責任じゃないでしょ。霊力を持ってる人なんか、周りに紅大路さんくらいしかいないし」

「黙れ小童。鍛錬《たんれん》と意欲の問題じゃと言うておるのだ」

「嘆かわしい。今の世は、おぬしのような霊力の素養なき者ばかりが目立つ」

「百鬼夜行《ひゃっきやこう》の平安の御世《みよ》なれば、都に住まう誰しもが祓いの術を習い、怨霊や魔の脅威から身を守っておったのに」

はああ、と深い溜息をつかれても、航介にはどうしようもない。賢者たちが初歩の初歩と言う祓いの術も、航介にとっては初めて挑む陰陽道の技なのだから。

「――爺殿《じじ》、あまり彼を責めるな。一朝一夕《いっちょういっせき》で術が身に着くなら、私も苦労しない」

この邸宅の主が、ノーネクタイにスラックスという寛いだ格好でサロンに現れた。複数の店舗やビルのオーナーである彼は、決まった休みがない代わりに、決まった出勤時間というものもないらしい。有能な部下たちに仕事を任せて、一日中ここでのんびりと過ごすことも多いようだ。

(分かる気がする。この家は居心地がいいんだよなあ。いつもあったかい感じがするし、コロも気に入ってるみたいだ)

紅大路家当主が男爵だった時代の建築技術を駆使《くし》した、豪奢《ごうしゃ》なこの邸宅が、航介は何故だかとても好きだった。外観は白亜《はくあ》の洋館で、気後れするほど格調高い建物なのに、一歩中に入ると、まるで両親の暮らす実家のような温かな空気で満ちている。だからつい長居をしてしまって、泊まらせてもらうこともしばしばだった。

「園部くん、今日もゆっくりしていけるんだろう?」

「あ……はい。仕事の呼び出しさえなければ」

「君の電話が鳴らないことを祈っておくよ。書斎へ来ないか。書庫の整理をしたから、眠らせていた古い漢籍《かんせき》でも披露しよう」

「おもしろそうですね。コロ、おいで」

「わんっ」

「おお、漢籍とな？」

「小童にはとても紐解けまい。公威《きみたか》ぼっちゃま、我らも同席いたしまするぞ」

航介の頭と肩の上で、賢者たちが意気揚々《いきようよう》と声を張る。紅大路の書斎は回廊が美しい邸宅の二階にあって、代々の当主が愛用していたことを窺《うかが》わせる、陰陽師の資料の宝庫だった。

「うわ——すごい。見渡す限り本だ……」

光量を抑えた照明に浮かび上がる、古ぼけた背表紙の数々。航介の通った大学にも立派な図書館があったが、その地下の閉架《へいか》書庫に似た、ほんのりと甘酸っぱい草の匂いがする。それは年代物の本が醸《かも》し出す、独特の匂いだ。

「書庫の中は、大きく占術書、呪学、天文学、そして歴史書に分かれている。どれでも、好きなものを手に取って」

「は、はい。何だか、圧倒されますね」

「祖父や父が存命の頃は、いたずらの罰としてよくここに閉じ込められた。懐かしい話だ」

「怖いなあ……っ。ここの本は、夜中に勝手に歩き出したりしそうじゃないですか」

「――それはあながち間違ってはおりませんよ、園部様」

「うわあああっ！」

仄暗い書庫の天井から、秘書の霧緒《きりお》が上半身だけ姿を現す。銀髪を揺らして逆さまにぶらさがっている状態だから、単なるホラーだ。

「心臓止まるから、そういう登場の仕方はやめてくださいよっ」

「失礼いたしました。初めてのお客様がいらして、書庫がざわめいております。本たちに何か囁かれてもお気になさらず」

「気になりますって、それ！」

航介の声が反響すると、静止画のようだった書庫の風景が、ゆらりと揺れた。それは太陽に焼かれたアスファルトの上の陽炎《かげろう》を思わせる、見えないはずの空気の揺らぎだった。

「……え……？」

背筋に震えが走るのを感じて、航介は立ち止まった。奥の方へ行くほど、書庫は照明が乏しく暗くなっている。頭の中のどこかで、行くな、と本能がブレーキをかけていた。航介は躊躇《ためら》って、ゆらゆらと視界を乱す陽炎の先へは進めなかった。

「鳥肌が立ってきた。これ以上は、俺は行かない方がいい気がする」

航介が呟《つぶや》くと、霧緒と賢者たちが、意外そうに顔を見合わせた。

「ほほう。我らが術を授《さず》けた成果か、小童が神域に気付いたようじゃ」

「園部様、ご安心を。結界を張り巡らせた邸内に、怨霊の類は入り込めません。紅大路家の秘密の詰まった書庫を護《まも》る鬼神が、奥の祠《ほこら》で睨《にら》みを利かせているのです」

「鬼神？　ここに神様がいるんですか？　コロ、お前は分かるか？」

「わうん、くうん」

足元で頷《うなず》くコロを見て、航介は体じゅうに立った鳥肌に納得がいった。畏《かしこ》まった気分になって、陽炎の向こうにいるはずの、見えない鬼神にぺこりと頭を下げる。

「お邪魔しています」

航介が挨拶《あいさつ》をすると、隣で見ていた紅大路が目を丸くした。彼がそんなくだけた表情をするのは初めてだった。

「何ですか？」

「ああ——、いや、君はおもしろいことをするな。鬼神と聞いても、たいていの客人は信じないんだが」

「初めてこの邸に来た時、神社の境内《けいだい》みたいに静かだと思ったんです。だから、神様がいてもおかしくないかなって」

「なるほど。オカルトも超常現象も信じなかった君が、随分変わったものだ」

「それは話が別でしょう？　オカルトと一緒にしたら、神様が気を悪くしますよ」

「ははは。君は本当におもしろい、興味の尽きない人だ」

いったい何がおもしろかったのか、紅大路はしばらく笑い続けていた。すると、それまでぴんと張っていた辺りの空気が、ふと和《やわ》らいだ。

書庫の奥の方から、清涼感のある風が吹いてくる。くしゃくしゃっと頭を撫でるように吹き抜けたその風に、航介はびっくりしたけれど、気分はよかった。

「神様に歓迎してもらえた……のかな。よかった、書庫にいるのが怖いものじゃなくて」

「まったくもって失敬な奴。神域のもたらす清澄《せいちょう》な息吹と、怨霊を取り巻く瘴気《しょうき》を、同じ次元で考えておるとは」

こつん、と杖の先で航介のこめかみを突ついて、賢者の一人が講釈した。

「心して聞け。怨霊の存在する場所は、穢《けが》れて瘴気を発する。重く伸《の》し掛かる空気、腐った水の如《ごと》き臭い、これらを感じたら即座に逃げよ」

「え……っ」

「逃げねばおぬしに災いが降りかかる。危うき場所には近寄らぬことが得策よ」

「その通りじゃ。瘴気に長く触れておると、人は心身の健康を失う。怨霊に憑《と》りつかれでもすれば、命まで吸い取られてしまうぞ」

賢者たちの真剣な顔を見ていると、その警告が単なる脅しでないことが分かる。航介は不意に、忘れかけていた小さな出来事を思い出した。

(そう言えば、紅大路さんの店で変な臭いを嗅《か》いだことがある。下水みたいな、高級なクラブには不似合いな臭いだった。あれは瘴気だったのか)

実際、彼の店には怨霊が出没し、航介は危険な目にあった。霊力が乏しい普通の人間でも、瘴気を察知することができるのだとしたら、それは危機を回避するセンサーのようなものだろう。

「この邸の中は、居心地がよくて、嫌な空気も臭いも感じたことがありません。幽霊に精霊に小人に神様とくれば、もう次に何が出てきても動じませんよ」

「ふん。己の目に見え、感じられるものだけが全てじゃと思うな。公威ぼっちゃまの目とおぬしの目では、見える世界はまるきり違っておろうよ」

「爺殿、意地の悪い言い方をするな」

「紅大路さんの目――?」

澄んだ漆黒の彼の目が、航介の目をじっと見ている。幽霊になって航介のそばにいたコロのことを、最初に気付いてくれたのは彼だった。航介に見えないものを何でも見通す、あまりにまっすぐなその眼差《まなざ》しに、どきっとする。

「園部くん」

「は、はいっ」

「誤解しないでほしい。爺殿は君を気に入っているんだ。この邸の者たちは、みんな君をもてなしたいと願っている。君のことを私の友人だと思っているようだよ」

「友人、ですか」

「嫌かい？」

紅大路に顔を覗き込まれて、反射的に首を振っている自分がいた。

「いいえ。嬉しいです」

「君が訪ねてくると、邸の中がとても明るくなる。歓迎している気持ちは、私も同じだよ」

「紅大路さん――」

どうしたらいい。真言の術でも使われたのだろうか。嬉しくてくらくらする。

写真に写るものしか信じなかったカメラマンと、見えないものと対話する陰陽師の総領の彼に、接点なんかないはずだった。でも、今は紅大路のことをもっと知って、分かり合いたいと思っている。彼と過ごしているうちに、いつの間にか変化していた自分自身を、航介は否定したくなかった。

「結構、照れ臭いもんですね。面と向かってそういうことを言われると」

「ふふ、君はすぐに顔が赤くなる。心読みの術は必要ないな」

「陰陽師はそんな術も使えるんですか？」

「冗談だ。――君がかわいらしいから、少しからかいたくなっただけだよ」

航介の赤い頰を、するりと紅大路の手が撫でていく。霊力が注がれるとともに、冷たいはずの彼の手が航介の体温に触れて、その一瞬だけ温かくなった。

「か…っ、かわいくなんか、ないですから。男としてそれってどうかと」

「ああ、照れているね。君は本当に分かりやすい」

「もう、からかわないでください……っ」

楽しそうに微笑みながら、紅大路は手を下ろした。心の中を読まれた航介は、恥ずかしくてたまらなくて、書棚の陰で小さくなるしかなかった。

5

編集部の硬い長椅子でもなく、アパートの薄い布団でもない、柔らかな羽根布団のベッドに埋もれて目覚めるのは、なんて幸せなのだろう。耳を劈《つんざ》くようなアラームの音より、窓の向こうで輪唱している小鳥の囀《さえず》りの方が、ずっと寝惚けた頭に優しい。

「……んん……、コロ――?」

ベッドの隣に手を伸ばして、皺のできたシーツを撫でる。いつもなら、そばで寝ているはずのコロがいない。

気のせいだろうか。チチチ、と愛らしい囀りに混じって、随分遠くからコロのはしゃぐ声がする。

「あんっ、あんあんっ、わんっ」

楽しそうなその声に誘われて、航介は閉じていた瞼《まぶた》を開けた。レースのカーテンを透かす陽光は、白々とした朝の光とは違って暖かい。熟睡し過ぎて、壁に飾られたアンティークの時計を見ても、時刻がすぐには分からなかった。

「……もう四時か……。久しぶりに、よく寝た」

フリーのカメラマンに、適正な労働時間なんてものがあるのかどうかは知らない。んん、と寝具から両腕を出して伸びをすると、睡眠で取り戻した元気が、血の巡りとともに全身へと伝わっていく。

紅大路の邸宅で人外の者たちと過ごすようになってから、航介は自分が「生きている人間」であることを、時々意識するようになった。呼吸や鼓動、カメラを構える筋肉質の腕に走る血管、今まで気にしたこともなかった生者の証《あかし》が、とても特別で大切なものに思える。

(喉が渇いた。これも生きてるからかな)

ベッドのそばの小さなテーブルには、寝覚めの喉を潤せるように、飲み物が置いてあった。執事かメイドが気を利かせてくれたのだろう。

心地よく喉を駆け下りる水を、ボトルの半分ほど飲んでから、航介はベッドを降りた。明るい窓辺のカーテンを開けると、芝生の庭で遊んでいるコロと、この邸宅の主人が見える。部屋が一階にあるせいで、二人の声もよく聞こえてきた。

「行くよ、コロ。取ってごらん」

「あんっ！」

紅大路が庭の遠くの方へと投げたボールを、コロは全速力で追いかけた。ボール遊びは、コロが生きていた頃に大好きだった遊びだ。上手に口に銜《くわ》えて戻ってきて、もう一回、とおねだりするように尻尾を振っている。

「よしよし、上手だな」

「くうん、わふぅん」

「そらっ、今度はもっと遠いぞ」

「あんあんあんっ！」

飼い主として焼きもちを焼いてしまうくらい、コロは紅大路に懐いている。楽しそうに何度もボールを投げる紅大路と、喜んで庭を駆け回るコロを見ていると、声をかけるのを躊躇ってしまった。

(邪魔しちゃ悪いかな。——俺はコロに触ることができないし。紅大路さんみたいに、思い切り撫でたり、抱き締めてやったりもできない)

コロの姿が見えるだけでも、ありがたいことなのに、我儘《わがまま》な自分が嫌になる。

紅大路と会う機会が増えたからか、航介の霊力は安定していた。でも、もともとその霊力は彼に与えてもらったものだから、接していないとすぐに減少したり、果てはゼロになってしまうのだ。

(最初は訳も分からずキスされて、あの人のことが苦手だった。霊力とか言われても、幽霊のコロを見るまで、信じてなかった)

霊力を完全に失うと、航介はコロの姿を見ることすらできない。だから、紅大路に霊力を分けてもらうのは、コロに寂しい思いをさせないためだった。

(でも……今の俺にとっては、それは言い訳だ。ここが紅大路さんの家だと分かっていて、自分がここに来たいから、来てる。紅大路さんといると、何だか楽しいんだ)

窓ガラスを通り越して、自分の両目が、紅大路に吸い寄せられているのが分かる。

コロに向ける彼の笑った顔は、まるで屈託《くったく》がない。普段の大人然とした、余裕綽《よゆうしゃくしゃく》々の微笑みとは違う。コロと遊ぶのが楽しくて仕方なさそうな、とても寛いだ彼の顔を見て、こっちまでいい気分になってくる。

「俺よりずっと大人で、立派な人なのに。あんな顔をするなんて反則だろ」

「――公威様は、あなたの犬がとてもお好きでいらっしゃるのですよ」

「また急に出てくる……」

声のした方を振り向くと、部屋の壁から体半分が出た状態で、霧緒が立っていた。神出鬼没《しんしゅつきぼつ》の彼を怖がるよりも、独り言を聞かれてしまったことが恥ずかしい。

「コロは真の忠犬ですね。恨みや憎しみを持ったわけでもないのに、動物が自らの意志でこの世に留まるのは、とても稀《まれ》なことです」

「紅大路さんも、同じようなことを言っていました」

「愛されたペットほど、飼い主に丁重に弔《とむら》われて、速やかに成仏《じょうぶつ》するものです。その摂理に逆らっても、彼はあなたのそばにいたいのでしょう」

ちくん、と航介の胸のどこかが痛んだ。火事にあい、身代わりでコロを死なせた自分に、飼い主の資格は本当にあったのだろうか。

「公威様は、あなたとコロのことを奇跡のようだとおっしゃっていましたよ」

「俺たちのことを？」

「我が主は思慮深い御方《おかた》。むやみに人に霊力をお与えにはなりません。ですが、霊体になってまであなたを慕うコロを見て、再会を果たさせてやりたいと思ったそうです」

幽霊のコロにまったく気付いていなかった航介を、きっと紅大路はもどかしく思っただろう。最初からコロの姿が見えていた彼には、ペットが持つ一途《いちず》な思いも、全部伝わっていただろうから。

「紅大路さん……」

芝生の上に寝転び、添い寝をしているコロの背中を、紅大路の大きな手が撫でている。いとおしそうな彼の眼差しを見ていると、航介はたまらなくなって、掃き出し窓を開けて庭先へ出た。

「わんっ！　あんあんっ」

航介に気付いたコロが、撥《は》ねるように起き上がって鳴いている。コロを見つめる紅大路の瞳が、いっそう優しくなった。

「コロ、君の最愛の人を連れておいで」

「わぅん！」

軽快に駆けてきたコロは、航介のパジャマの裾を噛んで、ぐいぐいと引っ張った。庭を歩くうちに、部屋履きのスリッパが脱げて、柔らかな芝生が裸足の爪先をくすぐる。命令に従順なコロの頭を、紅大路は何度も撫でて褒めてくれた。

「いい子だ。園部くん、コロを勝手に連れ出して、悪かったね」

「いいえ。あなたに遊んでもらえて、コロは喜んでいます。昔からボール遊びが得意なんですよ」

「そうか」

「――あなたみたいな人が飼い主だったら、コロはもっと幸せに生きられたかもしれません」

尻尾で芝生を撫でたコロが、航介のことを見上げている。飼い主を疑いもしない純真な瞳が、罪悪感を拭えないままの、航介の記憶を揺さぶった。

「俺がまだ小さい頃、コロは火事に巻き込まれて死にました。俺のことを助けたせいで、焼け落ちる家から逃げられなかった。コロは一人で、熱くて苦しい思いをして死んだんです。俺は何もできずに、コロのことを呼びながらただ泣いているだけでした」

けして忘れることのない、コロとの別れの瞬間がフラッシュバックする。昂《たか》ぶった感情で声が震えても、握り締めた指が白くなっても、航介は懺悔《ざんげ》をやめなかった。

「コロが幽霊になったのは、もっと生きたかったからだと思います。俺はコロを死なせた駄目な飼い主です。天国に逝けたはずなのに、俺は、コロをちゃんと見送ってやれなかった」

込み上げてくる後悔が、涙になって零《こぼ》れ落ちた。大の男が人前で泣くなんて、情けないと思う暇もなかった。

「俺には、コロの本心を知る方法がありません」

紅大路の前では、何も隠せない。後悔も罪も、全てを曝《さら》け出しても、彼なら受け止めてくれる気がした。

「ずっと、コロに謝りたいと思っていました。もう一度会えたらいいって。あなたは、俺の願いを叶えてくれたんです」

死者のことを誰よりも知り、幽霊に触れることさえできる彼の手が、冷たい指先で航介の前髪を梳《す》く。

「泣くな。君は何も、謝る必要はない」

「いいえ、……いいえ……っ」

「分からないなら教えよう。君は死者の声を聞くべきだ」

紅大路の唇が、優しく航介の唇に触れた。びくん、と震えた体を抱き締められる。

「ん……、んっ」

涙で濡れていた唇を、紅大路から与えられた霊力が、ちりちりと焼いた。呼吸を求めて喘いだ首筋に、溢《あふ》れ返った霊力が光の欠片《かけら》となって伝い落ちていく。まるで滴《したた》る水を吸い上げるように、紅大路はその欠片を唇で集めて、再び航介にキスをした。

「……ふ……ぁ、……んん……っ……、う……っ」

互い違いに唇を重ねながら、歯列を割ってくる柔らかな舌先に、頭の奥が真っ白になる。搦《から》め捕《と》られた自分の舌に、霊力の圧がかかるのを、航介は夢中で感じていた。

紅大路と深く触れればそれだけ、注《そそ》ぎ込まれる霊力は強くなる。膝が震え、体ごとがくりと芝生の上へ崩れ落ちても、航介はキスを拒まなかった。

どうして、何故、と自問するより、今はただ知りたかった。紅大路が与えてくれる霊力が、いったい何を教えてくれるのか。このキスが終わる時、自分の身に何が起こるのだろう。

「んっ……、ん――。……あぁ……、紅大路、さん」

「黙って。耳を澄ますんだ」

キスを解いた紅大路は、航介を胸に抱いたまま、そう囁いた。芝生の庭を渡った風が、二人の髪をさらさらと撫でる。

身動《みじろ》ぎすることさえも憚《はばか》るような、長い長い静寂の後で、航介は確かな声を聞いた。その声は耳ではなく、頭に直接響いてくる。

『――コウスケ――』

誰、と尋《たず》ねようとしたが、紅大路に制されて口を噤《つぐ》んだ。彼がそっと目配せをした先に、お座りをしているコロがいる。

『コウスケ。コウスケ、ダイスキ』

「コロ……？　お前、今、話した――？」

『コウスケ！　ボクノコエ、キコエタ！』

ぱたぱたっ、と揺れる尻尾を見て、止まっていたはずの航介の涙が、また溢れ出した。コロの声が聞こえる。航介にも分かる言葉で、コロが語りかけている。

『コウスケ、ボク、ココニイタイ』

「コロ、天国に逝きたくないのか？」

『イキタクナイ。コウスケハ、ボクガマモルンダ。コウスケ、ズット、ボクトイッショ』

「――ありがとう。コロ、俺も、お前と一緒にいたい。離したくないよ」

『ウレシイ。ボク、ウレシイ。ダイスキ、コウスケ』

「おいで、コロ。今ならお前を、思いっ切り抱っこしてやれる」

『ヤッタア！』

弾けるように飛び跳ねて、コロは航介の胸に突進してきた。コロの重みを感じながら、両手で背中や頭を撫で回してやる。くうん、くうん、と気持ちよさそうに鳴らした鼻が、いとおしくて仕方なかった。

「紅大路さん。あなたには、ずっとコロの声が聞こえていたんですね」

「ああ。私は、彼が君を恨んだり、憎んだりする声を一度も聞いたことがない」

霊力が減らないように、紅大路がコロごと航介を抱き締めてくれる。彼ほど優しい人を他に知らない。広い胸に包み込まれて、また溢れてきそうな涙を懸命にこらえていると、耳元で紅大路が囁いた。

「君に出会ってから、私は霊力を持って生まれた意味を、あらためて考えた。私の力は、君の救いになっただろうか」

「はい——。あなたには、コロの他にも、たくさんの声が聞こえていますか」

「よく聞こえる。死者や有象無象《うぞうむぞう》の人外の者たちが、私に語りかけてくる」

「俺も聞きたい。あなたと同じ声を聞いて、同じものを見たい。その方法があるなら教えてください」

「陰陽師に、軽々しく頼み事をしてはいけない。君の唇を奪ったように、私の力を与えるには、対価が必要だ」

「いいです。何を対価にしてもかまわないから、あなたの力を、もっと俺に分けてください」

「園部くん」

「俺はまだ、何も知らない。紅大路さんのことをもっと知りたい。俺はカメラマンだから、ピントがずれたままじゃ嫌なんです。あなたが生きている世界に、俺を連れて行ってください」

紅大路の胸の奥から、どくん、と大きな鼓動が響いた。航介の胸も同じだったかもしれない。

でも、痛いくらいに抱き締められて、もう何も考えられなかった。

「——聞き分けのない人だ」

「紅大路さん……」

「後悔をしても知らないぞ。私の正体は、君が思うよりもずっと恐ろしいかもしれないのだから」

どちらのものとも分からない鼓動が、紅大路の囁きを邪魔する。紅大路の正体——未だ隠されている彼の真実を知りたい。そう告げようとした航介の唇に、瞬く間もなくキスが舞い降りた。


コロが自分のそばにいないことが、こんなに心細いなんて、たった今まで考えなかった。霧緒に連れられて散歩に出て行ったまま、まだ帰ってこない。

「……は……っ、ああ……。……ん、んん、……んう……っ」

夕焼け色に染まったベッドが、航介が体を震わすたびに、緩やかに軋《きし》む。暖かな陽をレースのカーテン越しに浴びて、うっすらと汗をかいた紅大路の頬が、航介の胸の上に重ねられた。

「君の心臓の音がする。随分乱れて、いじらしいな」

「い――言わないで、ください。恥ずかしい……っ」

やっぱり、コロがここにいなくてよかったと思う。咄嗟に顔を隠そうとした航介の手を、紅大路はやんわりと退けて、頭の上で一纏《ひとまと》めにした。

キスよりも深く、紅大路と交われば、彼と同じ世界を見ることができる。航介の望みを叶えるために、紅大路が求めた対価は、航介の全てを差し出すことだった。

学生の頃、何度か経験した恋とはまるきり違う。男性と一つのベッドを使うのも、服を脱がされたのも初めてで、裸で天井を見上げている自分に、まだ慣れることができない。赤く腫《は》れぼったい瞼をぎゅっと閉じると、紅大路はまるで抗議するように、航介の肌を啄《ついば》んだ。

「く、う……っ……」

「怖いか」

「は、い。少し」

「少し？　嘘つきだな。君はこんなに震えているのに」

「これは、違うんです――」

紅大路が触れるたび、肌に直接注ぎ込まれた霊力が、電流となって体の内側を走る。航介は、びくん、びくん、と無意識に跳ねて、いっそうベッドを軋ませた。

「……あ……あ……、俺の体、ショートしてるみたい、……あぁ……っ」

連発する花火のように、瞼の裏が白くなって、紅大路が触れる感覚しか追えなくなっていく。肌を啄む唇の柔らかさや、航介の両手を一纏めにした、彼の手の大きさ。紅大路に与えられるものの他は、何も必要なくなるように、まるで体じゅうが作り換えられていくようだ。啄まれ、吸われた場所が、薄赤色のしるしとなって肌に刻まれている。同じところを舌でなぞられると、追いつめられていくような、心細い気持ちになった。

「んっ、んん」

両手を封じられたままでは、シーツを引っ掻いて気を散らすこともできない。自分の体が、こんなにも感じやすかったことを知って航介は眩暈《めまい》がした。

「何か、術、を、かけたんですか。そうじゃないなら、俺……っ」

鳩尾《みぞおち》を緩やかに撫で下ろされて、息を詰める。波打った柔らかな腹に、キスの雨が降ってくるのを、航介は止めようもなかった。

「君を蕩《とろ》かすのに、術など使わない」

「……ああ……あ……っ、紅大路さん……っ」

「向こう見ずにも、自ら私の胸に飛び込んできた君だ。か弱い声を出したって、私は躊躇はしないよ」

沸騰《ふっとう》しそうな航介の体温に、紅大路の唇の温度が浸潤していく。短いキスが繰り返され、シーツの海に沈み込んだ航介は、掠《かす》れた声を上げながら乱れた。

「や――、はっ、あぁっ、んっ。あああ……っ！」

拘束を解かれた航介の両手は、助けを求めるように紅大路の背中へと伸びた。逞《たくま》しくて厚みのあるそこを、汗ばんだ指先で引っ掻く。いつも冷たい紅大路の肌が、自分と同じように熱くなっていることに気付いて、航介ははっとした。

（こんな紅大路さんは、初めてだ。ああ――どんどん、熱くなってく）

爪の先まで震えた航介の足が、あられもなく開かされて、茜色《あかねいろ》に染まった宙を掻く。焦《あせ》って膝を閉じようとしても、割り入ってきた紅大路の体に阻《はば》まれて叶わなかった。

「見ないで、ください、俺、すごいことに、なってる」

惜しみなく霊力を注がれ、愛撫された体は、とても正直だ。興奮し切った自分自身が、足の間で揺れている。紅大路の視線を感じただけで、硬くなって張り詰めていく。

「いや……っ、嫌だ、本当に、見ないで」

「何故。躊躇はしないと言っただろう」

「……ああ……っ、触ったら、駄目。紅大路さん、やめ……っ」

敏感なそこを、大きな掌の中に包み込まれて、揉みしだかれる。緩急《かんきゅう》をつけて上下に擦られ、部屋じゅうに響き渡る濡れた音がいやらしい。自分の手でするのも弱いのに、紅大路にそんなこ

とをされたら、恥ずかしくて泣きたくなってしまう。

「あっ、あ、ん、んんぅ……っ、駄目です――だめ」

身を捩《よじ》って抗《あらが》う航介を、紅大路はけして許さず、それでいて巧みに追い上げていった。硬さを確かめるように握られ、先端を指の腹で撫でられると、頭の芯にまで快楽が伝わる。我慢の利かない膝が、がくがくと揺れて、あっという間に射精感を煽《あお》られた。

「ああ――!」

体の奥で暴れているのは、自分の欲望なのか、紅大路に与えられた霊力なのか、どちらか分からない。熱く激しく突き上げてくるそれが、行き先を失って航介に悲鳴を上げさせる。

「紅大路さん、俺、俺……っ、いきそう。もう、やめて、もう」

「怖がらなくていい、解き放ちなさい」

「ああ……っ、んっ、あ……っ、溢れる、手、離して……っ」

「君が溺《おぼ》れるまで、このままだ」

「あぁあ……っ! 紅大路さん、待って……っ、いく、いく……ぅ!」

とめどない快楽が、大きな波となって理性を押し流した。

紅大路の掌の中で、育ち切った屹立が弾ける。ひといきに登りつめた航介は、弓のように体をのけ反らせて、強過ぎる快楽の余韻に喘いだ。

「は……っ、はあ……ぁ、……はっ、ああ――」

「ゆっくりと息をしなさい」

「……べにおおじさん……」

紅大路の前で、何て恥ずかしい姿を曝してしまったのだろう。真っ赤だった航介の頬が、次第に青くなっていく。自分が引き返せない行為をしていることに、今更気付いて、冷たい汗をかいた。

「さ、触らないで、ください」

「私の手の中で、君はまだ脈打っている。恥ずかしがっても無駄だよ」

放ってもなお、小さくなってくれないそこを、航介は恨んだ。気持ちと体がちぐはぐで、どうしていいのか分からない。白い精をたっぷりと纏って、紅大路の指が、航介の両足の奥へと伸びてくる。

「……んんっ……」

羞恥しか感じない場所に、精を塗りつけられて、航介は体を強張らせた。固く閉じた尻の間を、紅大路の指が行き来している。航介は再び頬を紅潮させながら、心許ない両手でシーツを摑んだ。

「そんなところ、汚い、のに」

「園部くん。力を抜いて、さっきのように、私に委《ゆだ》ねてほしい」

「でも……っ」

「君と深く繋がるために、必要なことだ。君に迷いがあるなら無理強いはしない」

紅大路は囁きながら、航介の瞼に唇で触れた。決断を迫るキスに視界を閉ざされ、何も見えなくなる。

(今ならまだ、止められる)

一瞬、逃げ出そうとした臆病さが、熱い体の疼《うず》きに呑み込まれた。欲望に押し流された先に何があるのか、知りたい。愚かな好奇心でもかまわない。

「迷いなんか、ありません」

「――本当に嘘つきだな、君は」

鼓動が最高潮に達した頃、紅大路の濡れた指が、尻の窄《すぼ》まりを穿《うが》って体の中へと入ってきた。

「ひ……、あ……っ！」

僅《わず》かな痛みとともに、粘膜を擦られる生々しい感覚が航介を支配する。紅大路がゆっくり指を動かすと、ぐちゅっ、と淫らな音が鳴って、ひどい劣情を生んだ。

紅大路と深く繋がるとは、どういうことか、分かっていたつもりだった。彼と一つになり、霊力を体じゅうに満たして、それを自分のものにする。でも、本能的な恐れが航介に制止をかける。

「ふ……、んぅ……っ、んっ」

不安を帯びた航介の呼吸に、紅大路は自分の呼吸を重ねて、嚙みつくように唇を塞いだ。

不安を蹴散らすキスは、唇を重ねた瞬間から激しい。何度も角度を変え、強く深く吸い上げられて、また理性が薄れていく。蕩けてしまった唇の隙間に、紅大路の舌が割り入ってきて、口中を掻き回した。

「んくっ、ん――、あぁ……っ、んん」

舌と舌が絡まり、くちゅくちゅと濡れた水音が立つ。きつく握ったシーツを、頭の上に掻き集めて、航介は官能的なキスに溺れた。

終わらない水音と、口腔《こうこう》をまさぐる舌先に翻弄《ほんろう》されているうちに、航介の体が弛緩《しかん》していく。尻の奥に埋められたままだった紅大路の指が、ぐるりと円を描いたその時、航介の視界が真っ赤に染まった。

「んん……っ！　あ……っ！　あああ……っ！」

無意識に指を食い締めた粘膜が、未知の快楽を怖がって震えた。関節に擦り上げられたところが、熟《う》れてどろどろに溶けていく。ぐちゅっ、ぐちゅんっ、と指で掻き回されるたび、もっとしてほしいと体が淫らに求めた。

「紅大路さん――、何、これ……っ……、ああ……っ！　どうして……？」

気持ちいい。もっと強く、もっと奥まで来てほしい。紅大路の指を引きずり込むように、航介の体内が勝手にうねる。

自分の中に、ひどく感じる場所があることを、初めて知った。そこを指の先で引っ掻かれると、一度果てた航介の中心が、ぶるりと揺れて勃ち上がった。

「いや、……いやです、こんなの、あぁあ……っ、俺――また」

紅大路が欲しくて、体が熱く猛っている。指を引き抜かれても、火のついた欲情は航介を翻弄して、いっそう淫らになるばかりだった。

「紅大路さん、紅大路さん……っ、どうにかなりそう」

「かまわない。すぐに何も考えられなくなる」

力の抜けた膝を抱え上げられ、二人分の汗が染みたベッドに縫い止められる。指を失ってひくつく窄まりに、紅大路は隆々とした自身を宛《あて》がった。

「熱い――。いつも、あなたの体は、幽霊みたいに冷たかったのに」

「君のせいだ。霊力と引き換えに、生者の君の熱が、私にも流れ込んでくる」

「ああ……っ、紅大路さん……！」

紅大路の背中に両腕を回して、名前を呼んだ。熱く息づく彼が、航介の体を貫いていく。一つになる痛みを、混ざり合う熱と熱で打ち消して、二人は強く抱き締め合った。

「……あぅ……っ、んんっ……っ」

「園部くん」

「はあ……っ、あぁ、は……っ……、あああ——！」

体の芯に、どくん、どくん、と紅大路の脈動が伝わる。繋がった場所に浸透する、尽きることのない熱は、彼がくれる霊力に違いなかった。そのどれか一つでも零さないように、紅大路の体を両足で挟み込む。すると、航介の中で彼は大きさを増した。

「あっ、んぁ……っ、い——あぁっ、紅大路さん……っ」

ゆっくりと始まった律動に、全身を揺さぶられて、航介は啼《な》いた。儚《はかな》げにベッドに散る声に煽られたように、紅大路の切っ先が、航介の最も感じるところを擦り立てる。

深く浅く、何度もそうされて、航介は我を忘れた。痛みももうなかった。二度目の射精感が、性急に体の奥から湧き上がってきて、航介をせっつく。

「……あぁあ……、来る……っ、……紅大路さん、俺に、力を全部、ください」

「ああ、全部、受け止めなさい」

速度を上げた律動に身を任せ、がくんがくんと腰を振り立てながら、航介は果てた。最奥《さいおう》に達した紅大路が、航介の腰を摑んで自身を打ちつける。霞《かす》んだ視界がやがて何も見えなくなって、真っ白な光に包まれる錯覚《さっかく》がした。

風景もない、音もない、時間の止まった世界に二人きり。熱く戦慄《わなな》く最奥に、紅大路が放った霊力の全てを受け止めて、航介は気を失った。

南の島の砂浜。見渡す限りシロツメクサの咲いた草っ原。カメラの絞り値を間違えて、露出オーバーになった写真。目の前に溢れる白、白、白の洪水《こうずい》で、自分の手元も見えない。そんな奇妙な夢を見た。

「……ん……」

柔らかなこのベッドで目覚めるのは、いったい何度目だろう。眠る前にカーテンを閉め忘れたのか、瞼の向こうがとても明るい。

カーテンのことをぼんやりと意識してから、気を失った数時間前の出来事を思い出して、航介は愕然《がくぜん》とした。起き上がろうとしたその途端《とたん》、体のどこにも力が入らない。ベッドの中で溶けている理由を考えて、赤面する。

(俺――、紅大路さんと)

彼の触れた感覚が残る肌が、二人でした行為を鮮明に思い起こさせる。男性と抱き合ったのも何もかもが、初めてだったくせに、無我夢中で求めた自分が恥ずかしい。

（どんな顔して、これから紅大路さんと過ごせばいいんだ。……起きるのが怖い……）

開きかけていた目を、ぎゅっと瞑《つむ》って、航介はシーツを掻き集めた。すると、すぐ後ろで誰かが寝返りを打つ気配がする。びくっ、と震えた背中に、顔かどこかをくっつけられて、航介はますます赤くなった。

（何だか、ひんやりしてる。紅大路さん、あんなに熱かったのに、また元のあの人に戻ったのか）

紅大路の体温が、自分の体温と混じり合った瞬間を思い出すと、気まずくて鼓動がざわつく。自分だけがかっかとまだ燃えているようで、背中に感じる冷たい体温が、少しだけ恨めしい。

もどかしさと恥ずかしさで、航介がもじもじと手足を縮めていると、不意に頭を撫でられた。乱れてくしゃくしゃの髪を、丁寧に梳いたその手は、何故だかとても温かかった。

「え……？」

航介は違和感を覚えて、ぱちりと瞼を開けた。紅大路の黒く澄んだ瞳が、添い寝の距離で航介を覗き込んでいる。

「起こしてしまったか。疲れただろう、まだ休んでいても構わないよ」

「……紅大路さん……」

頬を掌で包まれて、体調を確かめるように撫で摩られる。気を失うまで自分を抱いた人に、じっと見つめられていると、気まずい空気がさらに重たくなった。

「手を離してください」

どきどきと鼓動が乱れるのに、すぐそばにある紅大路の胸からは、規則正しい音がする。彼と体を重ねたことは、航介には世界が逆さまになるほどの出来事だった。でも、彼にとっては何でもないことらしい。

（まさか、最初のキスみたいに、これも単なる接触だと思ってるのかな）

もしそうだとしたら、自分だけが意識しているようで、いたたまれない。部屋の中は随分明るくて、朝陽を浴びながら裸で紅大路といると、今すぐ逃げ出したくなる。

「カーテン、閉めましょうか。朝の起き抜けの顔を見られるのは、落ち着きません」

「まだ夜だが」

「嘘です。だってこんなに明るい――」

顔を上げると、確かに窓の向こうは真っ暗だった。ベッドヘッドに手を伸ばして、照明のリモコンを探した航介は、ふと天井を見上げて驚いた。

「な、何かいる……っ！」

天女の羽衣《はごろも》のような、薄く長い尾びれをひらひらとさせて、数匹の金魚が泳いでいる。それも人間と同じくらいの大きさの金魚だ。金魚が天井を行き来するたび、尾びれから光の粒が散って、雪のように白く舞う。

朝陽だと思ったのは、煌《きら》めいているその大量の光の粒だった。不可思議なアクアリウムと化した部屋に驚愕していると、ドアを素通りして、幽霊のメイドたちが飲み物やフルーツをワゴンに載せて運んできた。

「え――？」

異変はそれだけではない。部屋のテーブルやソファ、壁時計や花を生けてあった花瓶まで、全部に手足が生えている。それらがまるで生き物のように、部屋の中を自由に動き回っているのだ。

「紅大路さん、家具がひとりでに……っ。あれは幽霊ですか？　妖怪ですかっ？」

航介と紅大路の間の、重たかった空気が、ひといきに消し飛んだ。視界に飛び込んでくるあり得ない光景に、航介は瞳を丸くして声を弾ませた。

「――君も見えるようになったのか。両目に霊力が満ちている証だ」

「ひ、人じゃないものしか見えません」

「彼らは付喪神《つくもがみ》だ。長く愛用した家具や調度品は、魂が宿って神と呼ばれることがある」

「じゃあ天井のあの巨大な金魚は何です!?」

「賢者の爺殿がかわいがっている、式神《しきがみ》のペットたちだよ。池の錦鯉《にしきごい》だと思えばいい」

「池の鯉のサイズじゃないでしょう、あれ――」

「この邸に住まう者たちは、いつも自由にああやって活動している。初めて目にして戸惑うだろうが、しばらく付き合ってやってほしい」

ことをなげにそう言った紅大路は、メイドがにっこりと差し出してきたグラスを二つ受け取って、片方を航介に勧めた。

「喉が渇いているだろう。どうぞ」

水でも飲んで落ち着いた方が、目の前の現実を素直に受け止められるかもしれない。陽気な人外の者たちが、ベッドの周りで踊り騒いで、やんややんやと宴会をしている。紅大路からたくさんの霊力を得て、航介が見たものは、想像もしなかった光景だった。

「……あの……」

ひた、と航介の背中に、起きた時からずっとくっついているものがある。冷たくて、動いても離れてくれないそれが何か、後ろを向いて確かめるのが怖い。

「俺の背中に、何かいるんですけど……」

顔面蒼白《そうはく》で助けを求めた航介の代わりに、背中を確かめた紅大路が、ぷっと噴き出した。そのまま肩を押され、くるりと後ろを向かされて、航介はベッドから転がり落ちた。

「うわあああっ！」

誰か、知らない人が寝ている。航介の背中にくっついていたのは、赤茶色い髪をした、若い男だった。びくつく航介をよそに、その彼はしなやかな体で伸びをすると、まだ寝足りなそうに瞼を開けた。

「コウスケ――？　コウスケ、見付ケタ」

「えっ!?　君は、誰？」

「僕ダヨ、航介！」

そう言うや否や、男の頭の上に、ぴょこんと動物の耳が生えた。そして、くるんと巻いた尻尾も。赤茶色の耳、せわしなく振る尻尾、まるで柴犬だ。

「まさかとは思うけど、コロか……？」

「当タリ！　航介、大好キ！」

人の姿になったコロが、喜び勇んで抱きついてくる。もう本当に、何が起こっているのか、訳が分からない。でも、航介の頬をぺろぺろ舐めている彼は、間違いなくコロなのだ。

「ちょ、ちょっと待て、コロ、お座りっ。紅大路さん、説明してくださいっ」

「君の霊力の影響で、彼の霊力も増幅したようだ。なかなかハンサムじゃないか」

「暢気《のんき》に褒めてる場合ですか。コロっ、お座りって言ってるだろ。俺も嬉しいけど、ちょっと落ち着け」

「航介、霊力、強クナッタ。ダカラ僕、人間ノ姿ニナレタヨ。嬉シイ、僕、嬉シイ」

「コロ――」

ぎゅうぎゅう抱きついてきて、コロはちっとも離してくれそうにない。人の姿になっても、コロはコロ、かわいくてたまらない柴犬だ。

霊力を得た先に、自分の身に何が起こるかなんて、冷静な頭で分かるはずがない。航介は早々に降参をして、一人ベッドの上でくすくす笑っている紅大路へと、ささやかな頼み事をした。

「ちょっと酔ったくらいがちょうどいいみたいです。ビールか何か、いただけますか」

6

『園部、そっちの様子はどうだ』

赤坂《あかさか》の風情ある界隈《かいわい》に佇む、老舗《しにせ》料亭の玄関口を窺いながら、航介はスマホを耳にあてた。店内で何が話し合われているのか、十人ほどの政治家が集まった会合は、終電が過ぎた時間帯まで続いている。

「派閥の中心議員はほとんど出席していますが、紫藤議員は姿を見せません。どうやら今夜の会合も空振りですね」

電話の向こうで、先輩の深い溜息が聞こえる。その様子から、鳴海麻衣子の定宿《じょうやど》のホテルを見張っている先輩も、収穫はなかったことが想像できた。

『じゃあ、適当に切り上げていいぞ。こっちに動きがあったら、また連絡する』

「はい。お疲れ様です」

短い通話が切れた後も、望遠レンズを装着したカメラを構えて、紫藤議員の登場を待つ。でも、彼が現れないまま、会合中だった議員たちがぞろぞろと料亭を出てきた。

「――やっぱり無駄足か。派閥の定例会にも出ないなんて、党内での立場を悪くするだけだと思うけどな」

国会中継で見慣れている議員たちを、一人一人カメラに収めながら、航介は呟いた。鳴海麻衣子とのスクープ記事を出されて、与党の重要ポストに就いている紫藤議員は、身内から厳しい批判を浴びている。次回の総選挙で政権奪取を狙っている野党も、今後は紫藤議員を格好のターゲットにして、与党側に攻勢をかけるだろう。

「コロ、お待たせ。帰ろうか」

「ウンッ」

近くの路地で野良猫と遊んでいたコロが、嬉しそうに駆けてくる。

紅大路に与えられた大量の霊力は、数日が過ぎても航介に定着したままだ。コロが人の姿のままでいるのも、そのせいだった。

「航介、毎日オ仕事、大変？」

「待ってる時間の方が長いし、今日はまだ楽な方だよ。しっかり摑まってろ、コロ」

「ハーイ！」

二人でバイクに跨り、赤坂の料亭街を後にする。夜中でも幹線道路は混んでいて、終電を逃した客を乗せたタクシーが、航介と並走していた。

青信号の交差点を直進していると、横断歩道を横切ってくる人がいる。一瞬ぎょっとした航介をよそに、白いワンピースを着たその人を無視して、ひっきりなしに車が通っている。

（幽霊か。あの女の人）

強い霊力を得た航介の目は、見えないものが見えるようになった。紅大路の邸の中だけでなく、外でもこうして、頻繁《ひんぱん》に幽霊に遭遇《そうぐう》する。

（人間と同じ姿をしているから、時々見分けがつかない。張り込みをしている時も見かけたし、今夜は何だか、多いな）

新月の今日は、普段よりも夜が深い。街路樹の陰や、店舗の軒下《のきした》、車道歩道を問わず現れる幽霊たちは、一様に無表情だ。同じ幽霊でも、コロが表情豊かなせいで、他の幽霊たちが寂しげに見える。

「なあコロ、コロはいつも楽しそうだな」

「航介ト一緒ダカラ！　夜ノオ出カケ、楽シイネ！」

言葉を交わしたり、腰をぎゅっと抱き締めてくるコロの腕の力や、背中に体を預けてくる重みを感じられるのが、何よりも嬉しい。

調子に乗って、航介がバイクのスピードを上げると、赤坂から繋がる幹線道路の先に、ひときわ眩《まばゆ》い夜景が見えてきた。

六本木《ろっぽんぎ》の街が近くなるにつれて、長い車列の赤いテールランプに、だんだん違う色の明かりが混じっていく。まるで二枚の画像を重ねて透過したように、ぼうっと輝く青い光の玉の行列が、テールランプと並行してどこかへと続いているのだ。

「何だ、あれ……」

「魂ダヨ。死ンダ人間ノ魂」

「火の玉ってやつか？　それにしてもすごい数だな。あんな行列になって、いったいどこへ向かってるんだろう」

「ミンナ、天国へ行キタガッテル。デモ、行キ方ガ分カラナクテ、彷徨《さまよ》ッテル魂ダ」

航介の背筋が、すうっと寒くなった。亡くなって肉体を失った死者が、魂となって夜の六本木に溢れている。航介以外に、街を闊歩《かっぽ》する生者の誰も、その魂たちに気付いていない。

（誰の目にも、見えていないんだ。お互いに不可侵のパラレルワールドみたいに、死者と生者の

世界が重なり合ってる）

ふと、二つの世界を繋ぐ人のことを、航介は思い浮かべた。六本木は紅大路が所有しているビルや店がたくさんある、彼の拠点だ。陰陽師の彼と、青い魂の行列が無関係とは思えなくて、航介はハンドルを強く握り直した。

「コロ、紅大路さんを探して。あの人の匂い、分かるか？」

「ウンッ、分カルヨ。エット……」

くんくん、と鼻を鳴らしたコロは、六本木で最も有名な高層ビルを指差して、声を弾ませた。

「見付ケタ。アソコ！　アノ大キナびるノ屋上ニイルヨ！」

民放キー局のテレビ局をはじめ、有名企業が多く入ったタワービル。たしか、紅大路グループの本社もそこにあったはずだ。

航介は青い魂と赤いテールランプの波を縫って、紅大路のもとへと急いだ。死者と生者の世界が寄り添う街の光景は、イルミネーションのように美しいけれど、けして相容《あいい》れないところが物悲しい。コロも同じ思いでいるのか、航介の背中に顔を埋めて、黙ってしまった。

数え切れないほどの魂が、ひときわたくさん集まっているタワービルの下で、航介はバイクを停めた。東京じゅうを一望できる、ビルの屋上のスカイデッキは既《すで》に営業終了している。夜間の出入り口を探していると、ふわりと航介の頭上を風が舞って、霧緒が現れた。

「園部様……っ！　気配を感じると思ったら、やはりあなたでしたか。新月の丑三《うしみ》つ時に、何を出歩いてらっしゃるんです！」

「う、丑三つ時っ？　そんなこと気にしたこともないですよ。それより霧緒さん、ここに紅大路さんがいるでしょう。会わせてください」

「公威様は、大切なお役目の最中です。お会いにはなれません」

「お役目って、この青い魂に関することですか？　紅大路さんは、こんなにたくさんの魂を集めて、いったい何をしようとしているんです。俺にも教えてください」

「――けして、我が主の邪魔をしないと約束していただけるのなら。写真撮影など以《もっ》ての外《ほか》です」

「撮りたいけど、撮りません。約束します」

「では、こちらへ」

カメラマンの本能よりも、目の前で起こっていることの謎を解きたいという、純粋な気持ちの方が上回っていた。

霧緒の案内で、コロとタワービルの中へと乗り込んでいく。エレベーターで屋上へ出ると、パノラマの眩い夜景に重なる魂たちの青い帯が、航介の視界を圧倒した。

「……紅大路さん……」

屋上に併設されたヘリポートに一人、新月の空をまっすぐに見上げて、紅大路が立っている。

がせた。

強風にはためく彼の上着の背中は、おいそれとは近付けないくらい緊張感に満ち、航介をたじろ

「『天送《てんそう》の儀』、朔《さく》の月に願い奉《たてまつ》る。御霊《みたま》の昇りし道を示せ」

右手を祈るように胸の前に立て、紅大路は真言を唱えた。低い声で繰り返すそれが、屋上に響き渡ったかと思うと、月のない空に一筋の亀裂ができた。

「空が、割れていく」

「静かに。『天送の儀』は、死者を成仏に導く大切なお役目。あなたもお祈りください」

「は、はい」

霧緒に促されるまま、航介は合掌《がっしょう》した。コロは精悍《せいかん》な顔で身構え、航介を守るように鼻先を天に向けている。

亀裂だと思っていたものは、真っ白な閃光《せんこう》だった。空の上からタワービルへと、一直線に伸びてくる。青い魂たちが、閃光へと吸い寄せられていくのを、航介は慄《おのの》きながらただ見上げた。

「彷徨える御霊たちよ、天への道は開かれた。此岸《しがん》の呪縛を解き放ち、今こそ彼岸《ひがん》へ渡る時。道を違《たが》えるな、けして振り返るな、全ての穢れは置いて往《ゆ》け」

紅大路の祈りが、風と相まって魂たちを空高く吹き上げる。それはまるで、光のカーペットを昇っていく青い葬列だった。もう彷徨うことのない、安らかな天上の世界へと旅立っていく、魂

たちの別れの儀式。悲しくも荘厳《そうごん》な光景に、航介は胸の奥を揺さぶられて、立っているのがやっとだった。

(紅大路さんは、たった一人で、こんなにもたくさんの魂を救ってる。何てすごい——、途方《とほう》もない役目を負った人だ)

人間はこの世に生まれ、命をまっとうし、そして死んでいく。魂となった最後の最後に、陰陽師に見送られて天国へ逝くのは、とても幸せなことのように思えた。

その証拠に、航介の耳には、魂たちの声が聞こえていた。「ありがとう」「ありがとう」と、紅大路に感謝しながら、みんな閃光に包まれて消えていく。

「……さよなら……」

自然に唇から零れ出た囁きとともに、航介の両方の瞼が熱くなった。

カメラのシャッターを押せないのが惜しい。でも、今夜だけは、それでいい。写真では撮り切れない感動もあるはずだ。涙の滲《にじ》んだ自分の目をシャッターにして、美しい葬列を脳裏に焼きつける。

全ての魂を天に昇らせ、『天送の儀』を終えた紅大路が、ゆっくりと振り向いた。屋上に航介がいたことに気付いていて、彼ははにかむような、小さな微苦笑を浮かべた。

「見ていたのか」

「——はい」

「この街は、魂も霊体も怨霊も集まる。君にふさわしい場所ではないと言わなかったか」

「青い魂の行列を追って、あなたに辿り着いたんです。あなたに分けてもらった霊力が、俺にまた、知らない世界を教えてくれた」

涙が零れそうになった目を擦って、航介は笑おうとした。でも、うまくいかない。魂が天に昇り、成仏する瞬間に立ち合うことができて、嬉しかった。感動の余韻は冷めることなく、航介の胸を揺さぶっている。

「泣いてしまうほど、君を怖がらせてしまったな。すまない」

「違うんです。これは、怖いからじゃありません」

「では、気味が悪かったのか。人間のくせに魂を操る化け物だと思ったのなら、正直に言ってくれていい」

「あなたを化け物だなんて、思ったこともないです。そんな奴がいたら、俺が怒ってやります」

「君という人は——。私をそう喜ばせないでくれ」

涙を拭ってくれる紅大路の指先が、あんまり優しかったから、航介は泣き止めなかった。彼を困らせたくないのに、子供っぽい自分が嫌になる。

「本来なら、君のコロも、こうして天へ導かなければならなかった」

「え……」

「私は成仏を促すことが、魂の唯一の救済だと信じていた。だが、コロは違う。君とコロの繋がりは、私の常識を打ち破って、新しい陰陽師の在《あ》り方を教えてくれた」

自分たちの何が、紅大路に影響を与えたのか分からない。でも、彼がとても晴れやかな顔をしていたから、航介も嬉しくなった。

「紅大路さん、声が、聞こえました。魂たちが、あなたに『ありがとう』って」

「ああ。私にも同じ声が聞こえたよ」

「何故だか分からないけど、魂たちに感謝されているあなたを見ていたら、泣けてしまって。紅大路さんは、尊《とうと》いことをしています」

「園部くん。君は以前、怨霊が出現するこの街にいることが、怖くないかと私に言ったね」

「はい」

「新月の丑三つ時に、この街は霊的な力が最も高まる。私が六本木を拠点にしているのは、その力を使って魂を天へ送るためだ。……私は自分の役目を、尊いと思ったことなどなかった。紅大路家の当主なら、ごく当たり前のことだと思っていたよ」

「そんなことない。誰も知らないところで、あなたはあなたにしかできない、大切な役目を果たしているんです。俺の目で、今夜のことを見ることができて、よかった」

「園部くん――」

「他の人の目には見えなくても、俺が見ていますから。絶対に、忘れない。あなたがたった一人の陰陽師でも、俺はあなたのことを、いつも見ていますから」

孤高《ここう》の陰陽師に寄り添って、航介は笑い泣きをした。紅大路が嬉しそうな顔をして、長い腕の中へと迎えてくれる。ぎゅうっ、と強く抱き締められて、甘く零れた彼の吐息に、眩暈がした。

「『天送の儀』を終えた後は、ひどく消耗《しょうもう》する。私に、君を家まで送る力を与えてほしい」

「え……」

「ほんの少しでかまわない。――我が儘を叶えてくれ。君は心優しい、私の」

その先に、彼がどんな言葉を続けるつもりだったのか、唇を奪われた後では分からなかった。

タワービルの下の幹線道路に、何もなかったかのように、赤いテールランプの車列が伸びている。再び生者の街に戻った六本木の夜の中、航介は紅大路に求められるままに、小さなキスを捧げた。

7

昼過ぎから降り始めた冷たい雨が、都心の夜景を灰白いヴェールで包んでいる。東京に何十何百のホテルがあっても、エントランスに二人、従業員通用口に一人、地下駐車場に二人、『週刊パパラッチ』総出でカメラマンが取り囲むこのホテルほど、緊張感に満ちた場所はないだろう。

鳴海麻衣子と紫藤議員に動きがあったと、急な連絡が入ったのは約一時間前。地下駐車場と建物を繋ぐ出入り口を見張って、先輩と二人、瞬きをする間も惜しみながらファインダーを覗き込む。

コンクリートの頑丈な柱の向こう側には、鳴海麻衣子の私物の車が停車している。車内には誰もいないが、それがかえって、スクープの期待を高めた。

「……さあ出てこい……、来い……っ……、来い来い来い……っ」

呪文のような先輩の呟きを、コロが怖がって、足の間に尻尾をしまい込んでいる。人の姿になっても、尻尾と耳だけは柴犬のままだ。航介はこっそりとコロの背中を撫でてやってから、カメラを構え直した。

ホテルの中では、紫藤議員の後援会が主催する、資金集めのパーティーが開かれている。源一郎《げんいちろう》元総理から続く、紫藤家の政治的地盤はとても強固で、二世の陽彦《はるひこ》氏の汚職と議員辞職を経ても、サポートは揺らがなかった。

　三世の紫藤議員のスキャンダルが発覚した後も、後援会は活発に動いて、支持者の離反を食い止めようとしている。派閥の会合は欠席しても、今日のパーティーに出席しているところから、紫藤議員自身も後援会に絶対の信頼を置いていることが見て取れる。

「鳴海の車も撮っておけ。二人のツーショットは無理かもしれないが、彼女が今、このホテルに来ている事実を押さえることが重要だ。ニアミスで十分、撮る価値はある」

「はい。それにしても大胆ですよね。政治資金集めの最中に、愛人と落ち合うなんて」

「灯台下暗《とうだいもとくら》しだよ。一つ間違えば支持基盤を失うってのに、普通は誰が密会なんぞすると思う? 紫藤議員と鳴海は、俺たちマスコミの裏をかくつもりだ」

　確かに、この駐車場で張り込みをしているのは、航介たち『週刊パパラッチ』の人間だけだ。鳴海のスタイリストや紫藤議員の後援会スタッフを、情報屋として持っている先輩だからこそ、密会の可能性に気付けたのだろう。

「俺も、先輩くらい鼻が利くカメラマンになりたいです」

「駆け出しがナマ言ってんじゃねぇ。百年早いわ」

「僕ノ鼻ガ一番利クヨ、航介!」

　航介の後ろから、ぴょこっと顔を出してコロが茶々《ちゃちゃ》を入れる。し、と唇の前に指を立てて窘《たしな》めていると、先輩のスマホがせわしなく着信を告げた。

「はい、駐車場班。――紫藤議員が途中退出？　くそっ、やっぱりツーショットは無理か。分かった、そっちはそのまま待機してくれ。ああ、よろしく」

くそっ、ともう一度吐き捨てて、先輩はスマホをジーンズのポケットに突っ込んだ。

「紫藤議員に逃げられた。エントランスから堂々と党本部へ向かったとよ」

「じゃあ、今ホテルの中には」

「鳴海一人だ。どうする、突っ込むか？」

「いえ、ここは慎重に待った方が――」

「航介！」

コロが突然、大きな声で航介を呼んだ。何も聞こえていない先輩は、カメラのファインダーを覗き込んでピントの調整をしている。返事をするわけにもいかず、戸惑っていた航介の耳元で、コロはいつになく険しい顔をして囁いた。

「何カ来ル」

「え？」

「スゴク、嫌ナ臭イ。僕、コレ嫌イ。何ダカトッテモ、怖イ気持チ……ッ」

コロが片手で航介の服を握り締めながら、駐車場の出入り口を指差す。航介がそちらを振り向くよりも早く、先輩のカメラが連写を始めた。

「園部、ボケッとしてんな！　鳴海のマネージャーだ、もうじき本命のご登場だぞ！」

「は、はい！」

ドアマンも誰もいない出入り口から、見知った顔の女性マネージャーが出てくる。通路の左右を注意深く窺った彼女が、鳴海の車へと乗り込むのを、航介はカメラで追った。

固唾《かたず》を呑《の》んで待っていたその数秒の後、出入り口のドアの向こうに、新たな人影が現れる。目深にかぶった帽子と、濃い色のサングラスに、マスク。どんなに完璧な変装をしても、カメラは被写体を捉《とら》えて真実の姿を炙《あぶ》り出す。

「来た来た来た……っ、こっちを向け、スキャンダル女優……！」

先輩の声と、シャッター音が、航介の耳元で不協和音を奏でた。覗き込んだファインダーの先が、夜のように真っ暗で、鳴海の姿が見えない。コンクリートの無機質な駐車場の光景も。

（こんな大事な時に、カメラの故障か！）

驚愕しながら顔を上げた航介は、鳴海の背中側から覆いかぶさるように迫る黒い影に、戦慄《せんりつ》した。

「……あれは……っ……」

影は大きな鉤爪のついた、手の形をしていた。パーティーの時に、鳴海の体に浮かんでいた痣《あざ》とよく似ている。航介も苦しめられたあの影は、霊痕という、怨霊が人間に触れた痕跡だ。

（彼女には、何かが憑りついているのか？）

影から噴き出す瘴気は、周囲の風景を歪《ゆが》ませるほど濃く、ひどい悪臭を放っていた。怪しく黒光りする鉤爪が、縊《くび》り殺そうとしているかのように、鳴海の細い首に纏わりついている。

航介は黙って見ていることができなくて、恐怖に慄きながらカメラを置いた。

「やめろ――」

航介は隠れていた物陰から踊り出て、怨霊の存在も脅威も知らずに、車が横付けされるのを待っている鳴海へと駆け寄った。

「航介！　トテモトテモ怖イ怨霊！　近付イタラ駄目！」

「園部っ!?　何してんだ！」

「きゃっ……！」

鳴海が短い悲鳴を上げたのと、航介が黒い影の前に立ちはだかったのは同時だった。凶悪な鉤爪を引き剥《は》がし、鳴海を車の方へと押しやる。彼女の楯《たて》になった航介は、右手を伸ばして黒い影の尾を掴んだ。

「『清魂天昇、怨霊安土』、『清魂天昇、怨霊安土』、『清魂天昇、怨霊安土』、――この人から離れろ！」

無我夢中で唱えた真言が、瘴気に薄暗く覆われた駐車場に響き渡った。小人の賢者に教わった祓いの術だ。霊力が炸裂《さくれつ》した光が、航介の右手の掌から迸《ほとばし》って瘴気を弾き飛ばす。術をくらった影は、黒い輪郭《りんかく》を苦しげに波打たせて毒づいた。

『私が見えるのか、貴様《きさま》』

「……え……っ？」

『覚えておくぞ。いつかお前も、呪ってやる』

一瞬、影の中に、人の顔のようなものが見えた気がした。ねめつけてくる怨霊の視線の冷ややかさに、背筋がぞくりとする。

（この顔、誰だ。見たことがある——）

思い出そうとしても、耳鳴りを引き起こす重低音の声が、航介の頭の中を掻き乱した。ゴウッと台風のように渦巻《うずま》く瘴気を浴びて、航介はコンクリートの地面に崩れ落ちた。

「航介！」

駆け寄ってくるコロの体を透過して、鳴海の車が猛スピードで駐車場を出て行く。黒い影もどこへともなく消え去り、航介は地面に蹲《うずくま》ったまま、瘴気に呼吸を奪われて喘いだ。

「航介、航介！　コノッ、コノッ、アッチ行ケ！　航介ヲ虐《いじ》メタラ許サナイゾ！」

コロは航介の体のあちこちを叩いて、纏わりつく瘴気を追い払ってくれた。気を失う寸前で、肺に僅かな酸素が戻ってくる。水底から浮上する人のように、懸命にもがいていると、航介の胸倉を先輩の怒り猛った両手が摑んだ。

「園部！　お前、何てことしてくれたんだ！」

「す――すみません、撮影の、邪魔をするつもりは、なかったんです」

「航介カラ手ヲ離セ！　航介ハ何モ悪イコトシテナイヨ！」

「鳴海を逃がしちまったじゃねぇか！　アシスタントがふざけんじゃねぇぞ！」

「本当に、すみません……っ」

危険に曝されている彼女を見て、助けずにはいられなかった。

自分のした行為が、カメラマンとして失格だということは分かっている。でも、航介の目には怨霊の黒い影が見えていた。殺気を孕《はら》んだ怨霊をあのままにしていたら、鳴海はどうなっていたか分からない。

「な、鳴海の後ろに、怨霊がいたんです。あれは危険な奴です。彼女は首を絞められそうになっていたんです！」

「おい、言い訳ならもっとマシなことを言え」

「本当です！　俺は見たんだ！」

「園部！」

胸倉を摑まれたまま、強く揺さぶられて、航介は黙った。怒りに呆《あき》れが混じった眼差しをして、先輩は航介を睨み据えた。

「疲れて幻覚でも見たか。寝不足で頭沸いてんのか。使えない奴は現場に来るな」

「先輩、違うんです。俺は幻覚なんか見てない。本当に、本当に怨霊がいたんだ」

「航介、ヤメヨウ？　コノ人ニハ言ッテモ分カラナイヨ」

「見えないものが、この世には存在するんです。信じてください、先輩」

「気味が悪いぞ、お前」

「え――」

「見えないものをどうやって撮るんだ。どんな時でも、カメラだけは手放さないのがプロだろう。アマチュアは帰れ」

「先輩……っ」

「さっきのことは、編集長には伏せておいてやる。帰って休め。頭が冷えるまで現場には出てくるな！」

突き飛ばされて、航介はたたらを踏んだ。先輩は憤慨《ふんがい》したまま、自分の車に乗り込んで鳴海の後を追った。

（駄目だ。少しも信じてもらえない）

エンジン音と、タイヤの軋む音が、虚《むな》しく駐車場に響いている。一人残された航介は、冷たいコンクリートの壁に体を預けて、取り返しのつかないことをした自分に歯噛みした。

夜が更けても降り続いている雨は、紅大路邸の白亜の洋館を濡らして、晩秋のような寒さをもたらしている。表情をなくした航介の横顔を、サロンに設《しつら》えられた暖炉の火が、ゆらゆらと照らしていた。

いつもそばにいるコロは、落ち込んでいる航介を気遣って、今夜は客室で一人で過ごしている。口うるさい賢者の小人たちも、夜になると宴会を始める付喪神たちも、今日に限って姿を現さなかった。

(この邸には、見えないものがたくさんいる。いつの間にか、それが当たり前のように思って、大きなミスをした)

ホテルの駐車場で撮り逃がした鳴海麻衣子は、あれから結局捕まらずに、また雲隠れしたらしい。その連絡をくれた同僚カメラマンから、先輩が撮影したはずの鳴海の写真は、原因不明のカメラの不具合で、まったく撮れていなかったことを知らされた。

(あの怨霊の仕業《しわざ》か。——いや、きっと俺のせいだ。俺が心霊写真しか撮れなくなったように、

先輩のカメラにも、霊力が悪影響を与えたんだ）

自分だけの失敗ならまだいい。でも、仲間に迷惑をかけるのは、許されない。

強い霊力を持つことには、いい面と悪い面がある。その現実を突きつけられて、航介は惑っていた。

「園部くん。そんなところで、寒くないか」

いつ帰宅したのだろう。この邸の主が声をかけてくる。今はあまり、彼と話をしたくない。ここへ訪ねてきておいて、我が儘なことを考えている自分に、航介は腹が立った。

「――お帰りなさい。勝手にお邪魔して、すみません」

「君のことは、いつでも歓迎するよ。何か温かいものを出そう。飲むだろう？」

沈み切った気持ちを浮上させるには、少しくらい、アルコールを入れた方がいいのかもしれない。航介は小さく頷いて、ブランデーを垂らした紅茶を頼んだ。

（前はインスタントコーヒーばっかり飲んでいたのに、すっかり紅茶党になってる）

霊力どころか、気付かないうちに飲み物の好みまで紅大路のスタイルに染まっている。航介の自嘲《じちょうてき》的な笑みを見て、紅大路は呟いた。

「どうした。いつもの元気がないようだね」

「俺にだって、落ち込むことくらい、ありますから」

「君が沈んでいるせいか、今日は邸の中が静かだ。雨音がよく聞こえる」

メイドが淹《い》れてくれる紅茶を待つ間、紅大路と窓の向こうを見て過ごした。水滴が散っている窓ガラスには、幽霊のメイドの姿は映っていない。普通の人間の目と同じように。

(先輩が、俺のことを気味が悪いって言ったのも、当然だ。ほんの少し前までは、俺も先輩と同じだった)

は、と溜息をついた航介に、紅大路は淹れたての紅茶を勧めた。多めのブランデーの香りが、温かな湯気と混ざり合って、頑《かたく》なに閉ざしていた航介の唇を解いた。

「紅大路さん。俺――、今度こそ仕事を続けられなくなるかもしれません」

「何故」

「俺のせいで、先輩のカメラマンに迷惑をかけてしまったんです。今日も紫藤議員と鳴海麻衣子のスクープを追っていて、いいチャンスだったのに、鳴海に憑いた怨霊が見えて撮影どころじゃなくなりました」

「君は無事だったのか?」

「俺は、平気です。少し瘴気を浴びたけど、コロが助けてくれました」

少し顔を強張らせた紅大路は、ほっとしたように深く息を吐いてから、紅茶を口にした。

「あまり心配をさせないでくれ。その怨霊について、詳しく聞きたい」

「前に、パーティーで遭遇した奴です。大きな手の形をした黒い影が、鳴海を殺そうとしていました」

「……そうか。いっそう危険な存在になっているな」

「あの怨霊は、いったい何者なんですか。何故鳴海に憑りついているんです。知っているなら教えてください」

かちゃりと、紅大路の手元で茶器が鳴った。数秒の沈黙がやけに長い。火の粉を爆《は》ぜさせる暖炉が、オレンジ色に明滅《めいめつ》しているのを、航介は息を殺して見つめた。

「すまないが、今ここで君に話せることは、何もない」

「どうして言えないんですか。本当は怨霊のことを知っているんでしょう？　秘密にしなきゃいけない理由でもあるんですか？」

「君の身を守るためだ。君はカメラを手にすると、途端に向こう見ずになるから」

「茶化《ちゃか》さないでください――！」

思わず出た声の大きさに、自分で驚いた。真実を明かさない紅大路へのもどかしさや、不甲斐《ふがい》なかった自分への苛立《いらだ》ち、先輩に迷惑をかけた後悔、様々な感情が絡み合って、航介の語気を荒くさせる。

「俺だって、幽霊や怨霊のことを知って、少しは術も覚えたつもりです。あなたに気遣ってもらわなくても、自分で自分の身は守れます」

「君は今、心を乱している。たとえ霊力を持っても、不安定な心では使いこなすことはできないぞ」

「大丈夫です。今日の怨霊だって、祓いの術で退けられたし、あなたの足手纏いにはなりません」

「園部くん」

静かな、それでいて迫力のある声音で、紅大路は航介を呼んだ。ほんの僅かでも視線を逸《そ》らすことを許さない、彼の強い瞳に射貫《いぬ》かれる。

「私が君に言えるのは、忠告だけだ。可能な限りあの怨霊には近付くな」

「紅大路さん――?」

小さな違和感を覚えて、航介は紅大路を見つめ返した。近付くな、と、彼は命令をしているのに、まるで懇願の言葉のように聞こえる。

「嫌です。怨霊が憑いていても、俺は鳴海を追います」

航介は首を左右に振って、紅大路に抗った。怨霊を避けるか、スクープを撮るか、カメラマンならきっと誰でも後者を選ぶ。

「見えない者たちの世界のことは、私に任せておけばいい。迂闊《うかつ》に彼らに近付いて、君に傷を負ってほしくない」

「あなたに、黙って守られていろって、言うんですか」

ああ、と頷く紅大路を見て、航介の胸の奥に、暖炉の火よりも激しい何かが揺らめいた。彼のことを頼って、守られて過ごすことに何の意味があるのだろう。紅大路の見ている世界を知って、彼に少しだけ近付けたと思っていたのに。

(俺は、この人に認めてもらいたかったのか。紅大路さんのことを、分かったつもりになって、自分は他の人とは違うんだと思ってた)

航介はジーンズの膝を握り締めて、乱れた感情を抑えようとした。紅大路にとって、自分が何一つ特別ではなかったと気付いて、打ちのめされている。でも、一度胸の奥についた火は、身勝手な怒りに形を変えて航介をつき動かした。

「俺は、どんなに霊力を分けてもらっても、あなたみたいに強くはなれません。俺が弱いから、あなたは守ってくれようとするんでしょう」

「心外だな。私は君のことを、弱いと思ったことは一度もない」

「いいんです。もう俺、分かってますから。今日先輩にも言われました。お前はプロじゃない、アマチュアだって。カメラマンとしても、俺は中途半端な人間なんです」

「園部くん、自分を貶《おとし》めるのはやめなさい。君らしくない」

「中途半端に、怨霊なんか見えない方が、俺はまだまともにカメラマンをやっていられました」

「何――」

「俺には、過ぎた力だったんです。持たなくてもいいものを持ってしまった、あなたにこの力をもらったことが、間違いだったんです」

怨霊を祓いのけた右手に、航介は左手を重ねて、霊力を封じるように握り込んだ。

「あなたと俺は、住む世界が違う。最初から分かり切ったことだったのに、思い上がって高望みをした俺が馬鹿でした」

泣き言しか口にできない自分が、どうしようもなく情けない奴に思えて仕方なかった。

紅大路のことを責めたいわけじゃない。彼に与えられたものが大き過ぎて、自分の器《うつわ》が小さいことを、思い知ってしまった。火のように燃えている怒りは、全部自分自身に向けたものだ。

それなのに何故、紅大路は悲しい顔をしているのだろう。ひどく傷ついた瞳で、こっちを見ているのだろう。

「霊力を得たことを、君が後悔しているのなら、すまなかった」

ソファから立ち上がった紅大路は、ゆっくりと航介に歩み寄って、床に片膝をついた。傅《かしず》くようなその仕草は、並び立つ者のいない陰陽師の総領には似合わない。でも、戸惑う航介に微笑みかけながら、彼は言った。

「安心しなさい。君の霊力は、いつかは消える。私と触れ合わなければ、元の君に戻るよ」

紅大路の手が、航介の手をそっと引き寄せる。冷たい彼の体温を感じたそこに、切なくなるほど優しい口づけをされた。

「ほんの短い間、私と同じ世界を見た君に、感謝している。君は陰陽師の私に、たくさんのことを教えてくれた。君とともにいる時だけ、私は孤独ではなかった」

触れられていない左胸が、ずきん、ずきん、と痛み出す。鼓動のたびに強くなる痛みを、航介は持て余した。

「……紅大路さん……」

「夜が明けたら帰りなさい。その頃には雨も止んでいるだろうから」

紅大路が手を離すと、航介の左胸はいっそう痛みを増した。それきり航介のことを振り返ることなく、彼はサロンを出て行く。

薪《まき》の爆ぜる音と、雨が窓を叩く音が、航介の耳に永遠のように繰り返されている。紅大路がいなくなったサロンで、刻々と時間が過ぎていっても、最後のキスの名残が消えてくれない。

「どうして、怒らなかったんですか。俺は何度もあなたにやつ当たりして、ひどいことを言ったのに。あなたに霊力をもらったのだって、俺の方から望んだことなのに」

手の甲に染み込んだ紅大路の体温が、航介の体温と混じって同化していく。二人で抱き締め合い、求め合って、一つになったあの日のように。

「俺が、紅大路さんにあんな顔をさせてしまった。自分のことしか考えてなかった。……俺は、最低な奴だ」

自分自身の愚かさを悔やむ。航介を責めなかった彼は、優し過ぎるほど優しくて、大人で、遠い人。閉ざした心が悲鳴を上げて、こんなにも胸が痛むのは、航介が我が儘な子供だからだ。

航介はやるせなくなって、淡いキスの痕を拭おうとした。でも、指先一つ動かせないまま、長い朝までの時間を一人で過ごした。

8

住んで数年が経《た》つアパートの天井が、やけに低く感じるのは、もっともっと高いあの邸の天井を知っているからだろう。

ベッドと天井の距離が近くて、蛍光灯《けいこうとう》の明かりが眩しく目を射す。中学生の頃から買っているカメラ雑誌を読んでいるうちに、いつの間にか眠ってしまっていたらしい。現場に出ることを禁止され、編集部とアパートを往復するだけの毎日では、仕事らしい仕事もない。メンテナンスをする時間だけはたっぷりあるから、皮肉にも航介の愛用のカメラはぴかぴかだった。

「コロ、起きてる？　カメラを持って、散歩にでも行こうか」

「くうん、きゅうん」

座布団の上で丸くなっていたコロが、頭を撫でようと伸ばした航介の手にじゃれてくる。柴犬の毛並みを、掌や指で感じられるかどうか、航介は一日にこうして何度も自分を試す。そして、コロを撫でてやれたことに、毎回安堵《あんど》する。

（……いつまで、お前のことを撫でてやれるかな。コロ、ごめんな）

加速度的に霊力を失っていく手を、航介はぎゅっと握り締めた。紅大路と会わなくなって、もう二週間ほどが経っている。

航介の霊力が乏しくなるごとに、コロも人間の姿になれなくなった。犬の姿に戻ったせいで、言葉を交わすこともできない。

とてもいい夢を見た後で、引き戻される現実は、夢を見る前より何倍もつらい。それを承知の上で紅大路と訣別《けつべつ》したのに、コロを撫でるたび切なくなる。

「コロ、おいで。抱っこしよう」

両手を広げると、コロは緩やかに尻尾を振りながら、航介の胸に飛び込んできた。頭を擦り寄せ、服をはむっと噛んで、甘えてくれる姿がいとおしい。

多分、コロもう、別れがそう遠くないことに気付いている。コロが亡くなった日が一度目の別れだとしたら、幽霊のコロを航介が見られなくなる日が、二度目の別れだ。

(『天送の儀』――。あの青い魂たちと一緒に、紅大路さんにコロを送ってもらえばよかったのかな)

別れの瞬間、視界から消えていくコロを、冷静に見送ってやれるだろうか。今度こそ天国へ逝ってくれと、祈ることができるだろうか。死者たちの世界を誰よりも分かっている人は、今何をしているだろう。

紅大路と訣別した日から、彼はずっと航介の胸の中に居続けて、出て行ってくれない。忘れてしまうには、紅大路と過ごした時間はあまりにも濃密で、簡単に心から切り離すことはできなかった。

(霊力がなくなったら、きっと、あの人のことも忘れられる)

すっぽりと胸の中に収まったコロを、ありったけの力で抱き締めて、航介は埒《らち》もないことを考えた。

赤茶の豊かな毛並み。ごろごろと喉を鳴らす、気持ちよさそうな顔。思わず擦り寄せた航介の頬から、何の前触れもなく、コロの質感がなくなっていく。

「……コロ……っ?」

「あんあん……あんあんあん!」

航介、航介、と名前を呼ぶ、コロの悲痛な声が聞こえた気がした。

コロをもう一度抱き締めようとしても、触れることができない。航介の両手を通り抜けて、コロは再会したばかりの頃の、薄く透けたコロに戻ってしまった。

「嘘だろ……っ？　こんな、急に——！」

「きゅううん、……くうん……」

失っていく霊力の大きさが、紅大路に意地を通した航介を責めている。全てを元通りにすることがお前の望みなんだろう、と、航介に後悔することさえも許さない。

（こうなることは、分かっていたはずだ。紅大路さんを突き放した俺に、コロとの別れを悲しむ資格なんかない）

痛いほど噛み締めた唇から、微《かす》かな血の味がする。生きている人間の証を、こんなにも虚しく思う時が来るなんて、航介は考えたこともなかった。

どんなにそばに寄り添っていても、死者と生者の世界は相容れない。透けているコロの体を見つめながら、航介は泣き出しそうな思いで、もう一度唇を噛んだ。

「わんっ、わんわんっ」

すると、コロは突然航介のそばを離れて、狭い玄関へと駆けた。カメラの機材でいっぱいになっているそこで、ぐるぐる回りながら、航介が来るのを待っている。

「コロ――。もしかして、紅大路さんのところへ行きたいのか？」

「わんっ！」

勢いよく返事をしたコロは、駆けるのをぴたりとやめて、お座りをした。期待に満ちた顔で見上げられると、航介の胸がぎゅっと締めつけられる。

「駄目だよ、コロ。紅大路さんとは、もう会わないって決めたんだ」

「わぅん？」

「あの人に甘えるのも、頼るのもやめた。紅大路さんみたいに立派な人にはなれなくても、これからは俺一人で、カメラマンとしてやっていきたいから」

すぐに現場へ向かえるように、いつも玄関先に置いてあるカメラケースを、コロは鼻先で突いた。そして、斜め掛けのベルトを懸命に口に銜《くわ》えようとしている。

「こら、コロ。透けてるお前じゃ、カメラケースに触れないだろ」

「あんあんっ、きゃうん」

コロは痺れを切らしたように、ドアを通り抜けて部屋の外へと出て行った。

「コロ！　待って！」

航介は慌てて靴を履きながら、コロを追いかけた。俊敏な柴犬に、人間の足ではなかなか追いつかない。アパートの駐輪場に置いてある、航介のバイクの前で、コロはまたちょこんと座って航介を待ち構えている。

「だから、駄目だって。あの人のところには行かないよ」

「――くうん、くうん」

「お前が紅大路さんのことを慕ってるのは、よく知ってる。会いたいのも、分かる。分かってるけど……」

「やめろよ」

潤んだ瞳で見上げられて、航介は言葉を飲み込んだ。

澄み切ったコロのそこに、自分の顔が映り込んでいる。紅大路に会いたい一心で、じっと見上げているコロの顔と、航介の顔はとてもよく似ていた。

「……わぅぅん」

「そんな顔、するなよ。鏡を見てるみたいで、つらい」

さっきは我慢できた涙が、鼻の奥を刺激して、航介の声を上擦《うわず》らせる。小さな相棒は賢い。自分で自分を認められなかった、コロと同じ気持ちでいることを、気付かされてしまった。

「コロ――ごめんな」

無邪気なコロのように、正直にはなれない。心のままに動き出せない。

(あの人に、ひどいことを言ったのは俺だ。一方的に言うだけ言って、傷つけた。今更会いたい

なんて、勝手過ぎる）

たとえ自分の本当の気持ちに気付いても、もう終わらせてしまった紅大路との関係は、元には戻らない。

航介は緩く首を振って、駐輪場の遙《はる》か上に広がる夜空を仰ぎ見た。小さな星と星の間の闇が、普段よりも濃い感じがするのは、今夜が新月だからだ。

（紅大路さんは、また魂たちを天国へ送ってるんだろうな）

新月の丑三つ時、六本木のタワービルの屋上から空へと伸びる、青い魂の葬列。『天送の儀』に臨《のぞ》む、紅大路の凜《りん》とした背中を思い出すと、知らずに鼓動が速くなる。

とくん、とくん、胸の内側から自分を叩く音を、耳を澄まして聞いていると、突然うるさい音声に邪魔をされた。

ジーンズのポケットの中で、入れっ放しだったスマホが鳴っている。虫のいい期待をしてしまった自分に、いい加減にしろ、と一言悪態をついてから、航介はスマホを取り出した。

「――母さん？　何だろう、こんな時間に」

深夜の電話連絡なんて、きっとろくなものじゃない。胸騒ぎを覚えながら、航介は画面をタップした。

「もしもし、俺だけど」

『航介！　美咲《みさき》がそっちに行ってない!?』

「え？　来てないよ。あいつどうしたの。夜遊びにしちゃ時刻が遅過ぎ――」

『あの子、〈フォックスワン〉のイベントがあるって出て行って、まだ帰ってこないの！　今、お父さんが警察に相談に行ってるのよ！』

母親の切迫した声が、航介の鼓膜を震わせた。『フォックスワン』は美咲がオーディションを受けようとしている、鳴海麻衣子も所属する芸能事務所だ。いくら大手の事務所とはいえ、未成年の高校生を夜中まで付き合わせるイベントが、まともなイベントであるはずがない。航介は嫌な予感がして、スマホに早口でまくし立てた。

「イベントの場所、どこか教えて。担当者の電話番号も。えっ？　先方が電話に出ない？　おかしいだろ、それ！　――分かった、すぐそっちへ行ってみる。母さん、大丈夫、美咲はきっと大丈夫だから泣かないで。あいつを見付けたらゲンコツ喰らわせてやるから」

心配をして、電話口で泣き出した母親を宥《なだ》めてから、航介は通話を切った。妹を大事に思う気持ちは、航介も同じだ。航介はバイクの前で膝をつき、ずっとお座りをして待っているコロと目線を合わせた。

「コロ、俺の妹がトラブルに巻き込まれたかもしれない。これからすぐ探しに行く。だから、紅大路さんのところには連れて行ってやれない」

「……きゅうん……」

「紅大路さんは今頃、『天送の儀』をやってるだろ。あの人にはあの人の大事な役目があるから、俺は俺のやるべきことをする」

航介が真剣な眼差しでそう言うと、しょげていたコロも、きりっと顔を引き締めた。

「わんわんっ、わんっ」

「分かってくれたのか。ありがとう、コロ。ちょっと待ってて。バイクのキーを取ってくる」

コロを連れて、紅大路に会いに行きたい。今はその気持ちに蓋《ふた》をして、航介はアパートの部屋へと駆け戻った。


芸能人や業界関係者の顧客が多いという、西麻布《にしあざぶ》のクラブに航介が到着したのは、夜中の三時になろうとする頃だった。

街全体がひっそりと眠りにつく時間帯に、そのクラブが入ったビルの周りだけが、やけに人が多い。カメラを構えたその一団の中には、航介が見知った顔もある。彼らは同業者だ。

(『フォックスワン』主催のイベントだから、情報が回ったのか。鳴海麻衣子も参加していると

踏んで、カメラマンが集まってる）

現場に出ることを禁止されている間は、先輩や同僚カメラマンからの情報も入ってこない。ほんの少しアシスタントを外されただけで、現場の事情に疎《うと》くなっていることを反省しながら、航介はビルの出入り口を探した。

正面エントランスと裏口には、クラブに付き物の屈強《くっきょう》な黒服たちが立ちはだかって、鋭く目を光らせている。イベントの参加者の家族だと名乗っても、簡単には入れてくれないだろう。

比較的警備の少ない裏口でチャンスを窺っていると、強行突破しようとしたカメラマンの数人が、黒服と口論になった。スクープを狙って血気盛んな彼らが、黒服と揉み合っている隙をついて、航介はビルの中へと潜入した。

「うまくいった。コロ、階段を使おう。一気に上るぞ」

「わんっ！」

コロと狭い非常階段を駆け上がり、イベントが開かれているクラブのあるフロアを目指す。やっとの思いで上り切ったところで、コロに異変が起きた。

「わん…っ、くうん、けふっ、くしゅっ」

不快そうに、前脚で鼻を押さえて、航介に何か訴えている。クラブに通じるドアが見える場所まで来て、航介はコロの異変の訳が分かった。敏感なコロの鼻は、異常な臭いを嗅ぎつけていたのだ。

「これ――腐った下水みたいな臭いだ。コロ、気を付けろ。悪い霊がいるかもしれない」

空気が澱《よど》み、悪臭を発する場所は、幽霊や怨霊の吐き出す瘴気が溜まっている。でも、霊力が乏しくなった航介の目には、店の入り口の重厚なドアしか見えない。

一階でカメラマンとの小競り合いがあったからか、警備の黒服たちは出払っていて、そこには誰もいなかった。勇気を振り絞って、小さく開けたドアの隙間から店内に忍び込むと、耳を劈く
ヒップホップの大音量に襲われた。

「くそ…っ、頭が割れる。やっぱりここには何かいるんだ。瘴気が充満して、息ができない」

むっとするような熱気と、ひどい悪臭が、嘔吐感を伴《ともな》って航介を苦しめる。体の小さなコロは、濃い瘴気に押し潰されて、床に伏せたまま歩くこともできなくなった。

「コロ、ここにいたら危ない。すぐ外へ出ろ！」

「わうん、あん……っ、きゃうん」

「俺のことは心配しなくていいから！　瘴気に呑まれないうちに、行け、コロ！」

嫌がるコロを、ドアの外へ無理矢理逃がしてから、航介は瘴気の渦巻く店内を果敢《かかん》に進んでいった。

「美咲、どこだ。美咲――！」

足元もおぼつかないほど薄暗い店内を、赤や青のライトがスピンしながら、妖《あや》しく照らし出す。音楽に乗って踊っているのは、『フォックスワン』に所属する若い女性タレントたちだろうか。肩や足を出した大胆な服装で、スタイルのいい体をくねらせている。

（いったい何のイベントなんだ。あんな真似を美咲にさせたら許さない）

賑《にぎ》やかなダンスフロアを取り巻くようにして、スーツを着た男たちが、好色そうな目で煙草を吹かしている。ライトに浮かび上がる紫煙《しえん》と、テーブルを埋め尽くす酒のボトルやグラス。男たちを誘うように、体を密着させて踊るタレントたち。

ここは、アイドルに憧《あこが》れている美咲が立ち入るような場所では、とうていなかった。シェードで視界を遮ったソファ席では、男が両側にタレントを侍《はべ》らせて、無理矢理酒を飲ませている。美咲と年齢の変わらない子たちが、胸を揉まれたり、スカートの奥へと手を入れられたりして、ひどいセクハラを受けているのだ。

憤《いきどお》りを感じながら、注意深く男の顔を見ていた航介は、はっと息を呑んだ。淫行《いんこう》をしているのは、国会議員。それも与党の役員を務める重鎮《じゅうちん》の議員だった。

「名のある政治家が、こんなところで何をやってるんだ……っ」

航介が顔を知っているだけでも、店内には国会議員が数人いる。目の当たりにした恥ずかしい行為を、どうしても許せなくなった航介は、心霊写真になる可能性も忘れて議員たちをスマホで撮った。

「俺のカメラがあれば、もっといい写真が撮れたのに！」

カメラをアパートに置いてきてしまったことを、航介は心底後悔した。プロならどんな時でもカメラを手放すなと言った、先輩の声が頭の奥で蘇《よみがえ》る。でも、人を動かす正義感に、プロもアマチュアも関係ない。

「おい！　何だお前は！　撮影をやめろ！」

「お前どこのマスコミだ！　画像を消せ！」

夢中で議員を撮っていた航介を、黒服たちが取り囲む。スマホを両手で握り締めて、身構えた航介の前に、このくだらないイベントの主催者が姿を現した。

「――何だ、また君か。園部美咲さんのお兄さん。先日のパーティーでも騒動を起こしてくれましたね」

「黒瀬川《くろせがわ》社長……っ！　あなたの事務所は、タレントにセクハラ紛いの接待をさせているんですか。俺の妹は、こんなことをするために『フォックスワン』に入りたいわけじゃない！」

「美咲さんはデビューに向けて、事務所の要求に何でも応えると約束してくれたんですよ。大丈夫、みんなそうやってアイドルになっていくんです」

「何でも応えるって、どういう意味だ」

「何でも、ですよ。水着のグラビアから、ＡＶまで、スポンサーへの接待も大切だ」

黒瀬川の発言は、アイドルとして売り出してやる代わりに、美咲に体を売れと言っているのと同じことだ。航介は激怒して、黒瀬川に食ってかかった。

「ふざけるな！　警察に訴えるぞ！　妹を返せ！」

「――このうるさい客を捕らえろ」

命令に忠実な黒服たちが、黒瀬川から航介を引き剝がす。腹を殴られ、蹴られて、床に崩れ落ちた航介に、大音響の中イベントに興じている連中は誰も気付いていない。

拘束した航介を、黒瀬川たちはダンスフロアが見渡せる二階のフロアへと連行した。そこは特別な客だけを迎えるＶＩＰ席で、下からはまったく見えない構造になっている。芸能人が好んで使いそうな、豪奢なブランドで設えたソファに、ぐったりと体を横たえた美咲がいた。

「美咲！　おい、離してくれ！　美咲、大丈夫か、美咲！」

美咲の向かいのソファから、くくっ、と嫌な笑い声がした。航介が目を疑うような、信じられない人物がそこに座っている。

「紫藤議員――!?」

グラスを手にした彼の隣には、黒瀬川や黒服たちの目も憚らずに、鳴海麻衣子が寄り添っていた。しなだれかかっている、と言った方がいい彼女は、トップ女優の見る影もなく口から涎《よだれ》を垂らして、明らかに異常な酩酊《めいてい》状態にある。

「……ひどい……」

美咲も酒を飲まされたか、あるいはもっと危険なドラッグを使われたのかもしれない。下のフロアにいるタレントたちも、怪しい接待を強要されて、行き着く先は好色な議員たちの餌食《えじき》になることなのだろう。

航介は怒りで歯軋りして、羽交《はが》い絞《じ》めにしてくる黒服たちを相手に暴れ回った。許せない。純粋に夢を叶えようとしていた美咲を、芸能界の闇に引きずり込もうとする人間たちが許せない。

「妹を返せ！　紫藤さん、あなたは国会議員だろう。あなただけじゃない、仲間の議員たちも、恥ずかしい行為はやめてください！」

「黙れ。紫藤議員に楯突く前に、他人の秘密を暴いてあげつらう、自分の下賤《げせん》な仕事に疑問を持ったらどうだ」

黒服たちを従えていた黒瀬川が、見下したような目をしてそう言った。床に押さえ込まれながら、航介は彼を睨んだ。

「君の素性は調査済みだよ。著名人のスキャンダルに食いつくカメラマン。紫藤議員、気にすることはありません。マスコミはどこにでも湧く、害虫のような連中ですから」

「俺のことは何を言われてもかまわない。でも、妹は別だ。妹の夢を踏み躙《にじ》っておいて、よくも

「……っ！　今ここで何が行われているか、包み隠さず報道します。紫藤さん、あなたたちが議員を続けられるかどうか、有権者に判断してもらいましょう！」

それまで沈黙していた紫藤議員が、徐《おもむろ》に立ち上がった。上背のある彼の体格と、冷ややかな視線は、航介に大きな威圧感を与えていた。

「――好きにするといい。一カメラマンが何を訴えようと、私は簡単に揉み消すことができる」

「政治家の言葉とは思えない。品性を疑います」

「無力とは罪だな。スキャンダル程度では、私はびくともしないぞ。いずれはこの国の総理大臣になる私に、敵《かな》う者などいない」

臆面《おくめん》もなく権力を振り翳《かざ》す紫藤議員に、航介は驚愕した。

少なくともスキャンダルが発覚する前は、彼は汚職に塗《まみ》れた父親とは正反対な、クリーンな政治家として人気を得てきたはずだ。父親の汚名を雪《そそ》ぐために、有権者に誠実に向き合い、地道に活動してきた実績がある。そんなかつての彼と、今航介の目の前にいる彼は、まるで別人のように見える。

「あなたは、本当にあの紫藤陽一議員ですか？」

「ふざけた物言いだな」

「名宰相と呼ばれた源一郎元総理が、きっと嘆いています。自分の子や孫が愚かな政治家だったことを、天国で恥じているでしょう。今のあなたは、父親の陽彦氏とそっくりだ！」

「私を侮辱《ぶじょく》する気か、貴様——！」

激昂《げっこう》した紫藤議員の背後から、鉤爪の手の形をした黒い影が、突如湧き上がった。爆発的に拡がったそれは、店の壁や天井を漆黒に染めて、まるで洪水のように階下のダンスフロアへと流れ込んでいく。

「何なの、これ！　キャアアア！」

「誰か助け——、ウワアアア！」

「うぐっ、ひぃ……っ！」

議員たちもタレントも、みんな影に呑み込まれて、次々に倒れていった。ある人は口から泡を吹き、ある人は全身を痙攣させて、パニック状態になっている。悲鳴が上がるたびに航介は体を震わせ、逃げようともがいた。

(あの怨霊だ。鳴海麻衣子の体に痣をつけて、彼女を殺そうとした、あいつだ)

階下を埋め尽くした影は、VIP席にいた黒瀬川や黒服たちにも容赦なく襲いかかった。そして、美咲と鳴海が倒れているソファにも、鉤爪の触手を伸ばそうとしている。

「美咲！　起きろ！　早く逃げろ！」

「やかましい奴。お前の妹の魂を引き千切《ちぎ》ってやる」

「やめてくれ！　美咲、美咲――！」

影に手足を拘束され、雁字搦《がんじがら》めになりながら、航介は声の限りで叫んだ。轟音《ごうおん》と瘴気を撒《ま》き散らし、凶悪な鉤爪が美咲の喉元を掻き切ろうとする。その瞬間、闇に覆われた航介の視界を斬《き》り裂いて、一筋の鮮烈な閃光が店内を駆け抜けた。

「――艮《うしとら》の太刀《たち》、光以て闇を照らし、生者たちを救え」

低い声の真言が放たれたかと思うと、銀色の光の刃が、影を真っ二つにする。勢いをなくした鉤爪の手は、眩い光に激しく打ち震えて、紫藤議員の背後へと逃げ込んだ。

影に呑み込まれかけていた航介を、光の円が包み込んでいく。美咲も、鳴海も、黒瀬川も黒服も、ダンスフロアで気絶している人々も。清らかでいて温かなその円は、穢れた瘴気を弾き飛ばす結界だった。

「園部くん、無事か」

煌めく光の円のすぐそばに、雄々しく立つ陰陽師の総領がいる。銀色の太刀を構え、生者を守る彼のことを、航介は声を震わせながら呼んだ。

「……紅大路さん……っ」

「君を救えてよかった。遅くなってすまなかったな」

「いいえ――。どうして、ここに」

「君の愛犬が知らせてくれた。君を傷つける者を、私はけして許さない」

優しかった紅大路の眼差しが、紫藤議員を捉えて険しくなった。

炎のようにめらめらと輪郭を蠢《うごめ》かせて、黒い影が紫藤議員を取り巻いている。白目を剝《む》き、半開きの口で喘いでいる彼は、既に意識を失っていた。

黒い影は、紫藤議員自身をも取り込み、強大な怨霊となって姿を現す。影の上方がぐにゃりと歪み、人の顔へと変貌していく悍《おぞ》ましいさまに、航介は戦慄した。

「あの顔を、俺は見たことがあります。陽彦氏です！　怨霊の正体は、紫藤議員の父親だったんだ……っ」

汚職に手を染め、地位も名誉も失った紫藤陽彦。華々しい政治家一族の汚点として、孤独な死を遂げた彼。怨霊となってまでこの世に蘇った執念が、恨みの波動をびりびりと航介にも送ってくる。

「やっと姿を現したな、紫藤陽彦。紫藤家の名を地に落とした愚か者よ」

ぐはははは、と、地鳴りのように不気味な笑い声が響き渡った。噴出する瘴気と、瞬く間に再生していく黒い影。紅大路は航介を背中に庇《かば》うと、右手の太刀を握り直した。

『紅大路の家の者か、貴様。陰陽師ふぜいが、私の邪魔をするな』

「断る。子息に憑りついてまで、あなたはこの世に未練があるのか。生前の強欲な振る舞いは、

罪でしかない」

『権力者が権力者らしく振る舞って何が悪い。私は息子の体を使って、再びこの世を生きる。そして今度こそ、総理の座を手に入れる』

「哀れな。怨霊に堕《お》ちた者に、国を動かされては迷惑だ」

『黙れ黙れ！　手始めに、私を無能呼ばわりした与党の重鎮たちを、全員呪い殺してやる！』

毒を吐き続ける怨霊が、影の触手をまた拡げ始めた。紅大路に向かって、数え切れないほどの黒い刃が、雨のように降り注ぐ。それを銀色の太刀で受け流し、紅大路は勇ましい上段の構えで言い放った。

「紅大路の名において、あなたに安らかな眠りを与える。潔《いさぎよ》く祓いの太刀を受けよ」

『黙れエエエエエッ！』

「冥府《めいふ》へ旅立て、紫藤陽彦！」

稲妻のような一閃とともに、紅大路は太刀を振り下ろした。鋭い袈裟《けさ》掛《が》けの太刀筋が、怨霊に銀色の刀傷を負わせる。

『グアァァァァァ！』

瘴気の渦の只中で、のたうち回る怨霊を、光の円が何重にも取り巻いた。動きを封じ込められた影の触手は、清らかな光を浴びて蒸散《じょうさん》し、再び元に戻ることはなかった。

『オオァァッ、私は、死なん。恨みを果たすまで、死ぬものか――』

「あなたの命は、とうに尽きている。清魂天昇、怨霊安土。天に逝けぬ者、地の底で眠れ。そして二度と目を覚ますな」

怨霊が吐く、激しい怒号と叫喚《きょうかん》とともに、光の円は、銀色の小さな雫《しずく》へと凝縮した。まるで線香花火の最後に落ちる塊《かたまり》のように、雫はぽたりと床に落ちて、やがて消えた。

権力に執着し、欲望の虜《とりこ》になった怨霊の最期は、天上の世界へ導かれる青い魂たちとは、似ても似つかない。美しくも、切なくもない。封じられてただ消えていく、言葉にならない虚しさだけが、航介の胸を締めつけた。

「航介！　航介、生キテテヨカッタ！　僕、心配ダッタヨ！」

漂う瘴気の名残を掻き分けながら、人の姿をしたコロが駆け寄ってくる。紅大路に霊力を分けてもらったのだろう。コロに頬をぺろぺろと舐められて、怨霊に感じた虚しさはどこかへ吹き飛んでしまった。

「コロ、ありがとう。またお前に助けられた」

「何度ダッテ、助ケルヨ。航介ハ僕ノ、ゴ主人様デ、友達デ、家族ダモン」

「コロ――」

「園部様、あなたの優秀な愛犬をお借りします。コロ、瘴気の浄化を手伝ってほしい」

「ハーイ！」

精霊の霧緒が、銀色の太刀から人の姿に戻って、まだソファに倒れたままの美咲や、鳴海の介抱を始めた。助手をしているコロを頼もしく思って見つめながら、航介はまだ力の入らない体を、ゆっくりと起こした。

「動かない方がいい。楽にしていなさい」

「……紅大路さん……」

「君が無傷だったことは、奇跡だ。怨霊と対峙《たいじ》するなんて、まったく、君は――」

紅大路の長い腕が伸びてくる。そのまま彼の胸の中へと迎えられ、砕けそうなほど強く抱き締められて、航介は瞳を潤ませた。

「よかった。温かな君を抱き締めることができた」

「紅大路さん、俺も……っ」

ずっと、会いたかった。とくりとくりと鼓動する、この胸を求めていた。うまく動かない両手で、紅大路の服の背中を握り締めて、航介はもう一度紅大路を呼んだ。

「紅大路さん。どうして、助けに来て、くれたんですか」

「君を放ってなどおけない。本当に向こう見ずな人だ。一人で無茶な真似をする前に、私を呼びなさい」

「でも、俺は、あなたにひどいことを言って、たくさん傷つけたのに」

「君に何を言われても、私は平気だ。君を失うことに比べたら、何の痛みも感じない」

「紅大路さん、聞いてください。俺もあなたを失うのが怖い。このまま、離したくない」

「園部くん――」

「あなたを傷つけたことを謝ります。ごめんなさい、紅大路さん、俺のことを、許してください」

紅大路の鼓動が、大きく、速くなった。航介も同じだった。一つに溶け合ったあの日のように、寄り添い合う二人の鼓動が、互いを捕らえて離さない。

「あなたのそばにいてもいいですか。俺はまだ弱いから、あなたに守られていないと、幽霊一つまともに見えない。あなたに追いつけるように、努力します。そばにいさせてください」

「君を守る役目を、誰にも譲《ゆず》るものか。園部くん、私は君のことを愛している」

「紅大路さん……っ」

「君が欲しい。このまま離したくないのは、私の方だよ」

「紅大路さん、俺も、――俺も、あなたのことが好きです」

「ああ、もう一度言ってくれないか。君の鼓動がうるさくて、聞こえなかった」

「紅大路さんのことが、好きです。大好きです」

二人分の鼓動よりも、大きな声で、航介は想いを告白した。嬉しそうに微笑みながら、紅大路が唇を重ねてくる。彼と触れ合った航介の唇に、霊力よりも熱く痺れるような、恋の熱が点《とも》った。

明け方の紅大路邸の書斎は、夜よりも深い静寂に包まれている。怨霊との戦いがあったことなんか嘘のように、カーテンの隙間から見える白銀の星々が美しい。

瘴気を洗い浄《きよ》めて、意識を取り戻した美咲は、あの店で何が起きたかまったく覚えていなかった。店内に足を踏み入れた途端、充満した瘴気を吸い込んで気を失ってしまったらしい。それはむしろ幸運で、議員たちへの接待を強要されることもなく、無事でいられたようだ。

軽率なことをした美咲を叱る役目は、一晩中心配していた実家の両親に任せて、航介は紅大路邸を訪れた。たった数週間来なかっただけなのに、邸内の何を見ても懐かしく思えてしまう。それくらい航介にとって、紅大路と離れていた時間は長かったのだ。

書斎のアンティークな机に、何巻かに分かれた紅大路家の家系図が広げられている。紅大路は航介の手を取り、自分へと繋がる先祖たちの名前を、一つ一つなぞらせた。

「すごい——。連続した長い歴史を、俯瞰《ふかん》して見ているみたいです」

「この名のどれが途切れても、私はここにいなかった。家族という認識があるのは祖父までだが、時折こうして、自分の家系を振り返ることがある」

帝や時の権力者を代々支えてきた当主の中で、特に占術に長《た》けた人だったという祖父の名前のところで、紅大路は指を止めた。

「あの怨霊――紫藤陽彦の幼少期に、祖父は彼に会ったことがあるようだ」

「そう、ですか」

「癇癪《かんしゃく》持ちでなかなかの駄々《だだ》っ子だと、日記に彼のことが書かれていた。紫藤源一郎元総理の私的な顧問だった祖父は、紫藤家の行く末を見守ってほしいと、顧問契約の永続を依頼されたんだ」

「顧問の永続？」

「紅大路家の当主は、代々紫藤家が排出する政治家の顧問を務めるという契約だ。祖父に従い、父は陽彦の顧問となった。しかし、議員任期の途中で一方的に疎遠にされてしまってね」

「契約を破棄されたということですか？」

「ああ。思えば、彼の醜聞《しゅうぶん》が出回るようになったのは、それからだ。父は彼のことを案じて、邪気除けの祈禱《きとう》を施したりしたようだよ。残念ながら、その甲斐もなく彼は転落し、死後怨霊となって、息子の陽一氏に憑りついた」

先々代、先代と続く紫藤家との関わりを語りながら、紅大路は遠い目をした。窓の外が少しずつ白んできて、夜が明けようとしていることを示している。

「紅大路さんも、ひょっとして、紫藤陽一議員の顧問をしているんですか」

「いいや。私の代でも、結局紫藤家との契約は破棄されたまま、履行されなかった。かと言って、源一郎氏と祖父の遺志を無視することはできない。私は密《ひそ》かに、陽一氏に憑りついた陽彦を祓う機会を窺っていた。君にも伏せたままで、結局危険な目にあわせてしまった」

すまない、と呟かれて、航介は首を振った。危険を乗り越えて、紅大路のそばに、今自分がいられることが嬉しい。

「何故機会を待っていたんです。あなたの力があれば、すぐにでも怨霊を祓えたのに」

「彼の怨念と欲望は、陽一氏を完全に取り込んで一体化していた。無理に祓えば、きっと陽一氏も命を落としていただろう」

「え……っ」

「怨霊が正体を現した時――それが唯一の好機だった。陽彦を祓い、永遠に眠らせることができたのは、君のおかげだよ」

「俺は何もしていません。ただ怨霊に怒りをぶつけただけです」

「君のまっすぐな怒りが、陽彦を焚《た》きつけ、我を忘れて正体を現すミスを犯させた。……本当に、君が無事でよかった」

「紅大路さん」

「君を失っていたら、私はどうなっていたか分からない。君がここにいることを、もっと確かめさせてくれ」

紅大路は航介の手をぎゅっと握り込むと、力強く引き寄せて、唇を奪った。

有無を言わせない、性急なキスに彼の偽《いつわ》りのない気持ちが透けている。紅大路に欲しがられて、航介の唇が熱く疼いた。

「んっ……、ん――」

触れた途端に流れ込んでくる霊力が、冷たい水のように航介の口腔を潤す。もっととねだって唇を開くと、あっという間に割り入ってきた紅大路の舌先に、呼吸ごと掻き混ぜられた。

「……んん……っ」

官能的に震えた背中を、書棚に預けて、航介はキスに蕩けた。紅大路の舌を追いかけ、自分の舌を絡めて、二人して熱くなっていく。

触れるたびに紅大路から与えられる霊力が、航介の感覚を鋭敏にし、いっそう激しいキスを求めさせた。何度も何度も角度を変えて、重ね合う唇は休むことがない。火照《ほて》ったそこを舌先でなぞられると、航介の全身に熱い電流が走った。

「ふ……っ、んぁ……ん、……んぅ……っ。はっ、はぁ……っ」

こもった息を吐き出して、のけ反らせた航介の首筋を、紅大路はきつく吸った。小さな痛みが新しい官能を呼び覚まし、航介をいっそう蕩かせていく。

息が続かなくなってきた胸元を、紅大路の長い指で寛げられて、訳もなくどきどきした。裸にされていく恥ずかしさと、早く服を脱ぎ捨てたいという欲求が、航介の中で鬩《せめ》ぎ合っている。はだけた胸を愛撫する手に、心臓の真上をくすぐられると、甘くくるおしい鼓動が跳ねた。

「んっ……、ああ――、んんぅ……っ……」

胸から腹へ、腹から腰へ、留まることのない官能の波が体を駆け下りて、ついには航介の足の力まで奪っていく。うまく立っていられない航介を、紅大路はキスで追いつめながら、足の間を膝で割った。

「……あぁぁ……っ」

既にジーンズの前立てを膨《ふく》らませていたそこを、固い膝頭に撫で摩られる。たったそれだけで達しそうになった航介は、がくん、と体を揺らした。

「もうこんなになって、私の膝を押し返しているね」

「や――」

羞恥を煽る甘い囁きと、ベルトを緩められる金属質な響き。静かな書斎はあらゆる音が明確になる。下着の奥へ入り込んできた手が奏でる、くちゅりという水音も、航介ははっきりと聞いた。

「んっ、ん、……あう……っ、ふ……、んん――」

くちゅ、くちゅ、紅大路の指と掌に揉みしだかれて、航介の中心がそそり立つ。感じやすいそれを、自分の手で隠す暇もない。あられもなく硬くなった先端を、いやらしい愛撫で扱《しご》かれて息を詰める。

「んん……っ！」

航介は紅大路の服を握り締め、絶頂までの短い道のりを駆け上がろうとした。でも、ふとどこかから視線を感じて、腫れぼったい瞼を開けた。

「……紅大路さん……っ、何だか――あの、誰かに見られているような……」

「気にしなくていい。君のことを自慢しているんだ。私の恋人は、こんなにもかわいらしい人だと」

いったい誰に自慢しているのだろう。顔を赤くしながら、航介が辺りを見渡してみると、書斎の壁に飾った日本画や、机の上の文具と目が合った。

「あ……っ、付喪神がいます」

「書斎に置いてあるものは、どれも古いものばかりだから。みんな、私を夢中にさせた君のことが気になるらしい」

日本画や文具たちが、小さな目をぱちぱちと瞬きさせて、愛撫の続きを催促している。霊力が乏しいままだったら、付喪神たちの姿も見えなかったのに。期待のこもった彼らの視線が、照れ臭くて仕方ない。

「すみません、紅大路さん。二人きりになれるところに、行きたいです」

「私は君を見せびらかしたいんだが」

「は、恥ずかしい、ですから」

「――仕方ない。真っ赤になって俯《うつむ》く君もかわいらしいな」

「もう……、からかわないでください……っ」

紅大路は微笑みながら、赤味の引かない航介の頰にキスをした。優しいそれにたちまち酔わされていると、ふわりと航介の体が宙に浮く。視界が回り、紅大路の逞しい腕に抱き上げられて、航介は慌てた。

「紅大路さん――?」

「じっとして。このまま君を、私の部屋へ連れて行こう」

「重たいですよ。それに、俺は男だし、こういうことは似合わな」

「君が自分の足で、ベッドまで歩いていけるとは思えないからね」

航介の言葉を遮った紅大路は、微笑みを深くしてもう一度キスをした。

腰砕けとは、きっと今の自分のことを言うのだろう。どこにも力の入らなくなった体を、ぐったりと紅大路の腕に預けて、航介は彼の寝室へと運ばれていった。

柔らかな寝具を揃えたベッドは、朝陽を透かして純白に輝いている。宝物のように、航介をそっとベッドに横たえさせて、紅大路は脱げかけていた服を取り去った。

夜が死者たちの時間だとしたら、生者たちの時間は朝なのかもしれない。航介の裸の体を、生まれたての陽の光が照らし出す。眩しそうに瞳を細めた紅大路は、スーツの上着を脱ぎ捨てると、ネクタイを緩めながら航介に覆いかぶさった。

「ああ……っ、紅大路さん、……ん……っ、……んぁ……っ」

首筋と言わず、鎖骨と言わず、どこもかしこもキスの痕をつけられて、甘い声が漏れる。薄い胸にも散ったその痕は、まるで赤い花弁のようだった。

紅大路が触れた場所が増えるたび、航介の感じる場所も増えていく。くすぐったい足の付け根を、何度も唇で啄まれ、舌を這わされて、航介は呼吸を切迫させた。

「あっ、は、んんっ。あぁ……っ、待って……っ」

豊かな下腹部の叢《くさむら》を、ざらりと紅大路の頬が撫でたかと思うと、彼の唇が屹立に触れた。そのまま口腔へと導かれて、航介の瞼の裏が真っ白になる。

「やあぁ……っ、あんん――――!」

ねっとりと絡む舌。口腔の湿った熱さ。ぶるっ、と打ち震えた屹立を、優しく吸われて溶けていく。じゅぷっ、と水音を立てられたら、我慢も無意味だ。

「あ、あ、あ、……いや、駄目……っ。紅大路さん、いい、ああ……っ！」

指よりもずっと柔らかく、繊細に動く舌の虜になって、航介は啼いた。

腰が勝手にしゃくるように跳ね、紅大路の喉奥へと屹立を埋めようとする。素直に快楽を味わう体は、航介に理性を捨てさせて、ひといきに忘我《ぼうが》の瞬間へと突き進んだ。

「あぁあ……っ！　紅大路さん――」

途切れそうな声を上げながら、紅大路の髪を両手で握り締めて、航介は弾けた。びくんっ、びくんっ、と痙攣するたび、白く熱い精を放つ。その全てを受け止めてから、紅大路はそっと唇を解いた。

「……あ……、あぁ……、……ん……ぅ……っ」

濡れた口腔から解放されても、弛緩した体は動かない。そのくせ航介の屹立は芯を失わず、まるで次の愛撫を求めるように、赤く火照って揺れている。

恥ずかしくてたまらなくて、航介は白々とした朝陽から顔を隠した。汗ばんだ両手の指の隙間から、苦笑している紅大路が見える。

「――すみません。俺、止められなくて」

紅大路の唇に、自分が放った痕が残っているのを見て、泣きたくなった。すると、彼はいつになく野性的な仕草でそれを拭い、航介の両手を取って、ベッドに縫い付けた。

「い、いやだ……っ、見ないでください」

「君を隠すものは何もないよ。照れている君も、感じている君も、全て私のものだから」

「紅大路さんは、意地悪です」

「君のことがいとおし過ぎて、歯止めが利かない。君が責任を取りなさい」

睦言《むつごと》なのか、甘い命令なのか、紅大路はそう言ってから、着ていた服を脱ぎ捨てた。

すらりとして見えた彼の体は、肩幅が広く、胸板が発達していて男らしい。自分とは随分違う、完成された大人の色香に魅了されて、航介は眩暈がした。

「……俺は、やっぱり、あなたに術をかけられたんですね」

紅大路が小さく首を傾げて、言葉の続きを促す。航介ははにかんで、彼の裸の胸に顔を埋めた。

「あなたのことを、好きになるように、術にかかっていたんです」

「私の方が君に惹《ひ》かれていたよ。出会った最初から、君はまっすぐな人だったから」

「そんなこと――」

「本当だ。君はいつでもまっすぐで、正しくて、私には眩しい」

航介の額に唇を押し当てて、紅大路は告白した。嬉しくて、嬉しくて、眩暈がひどくなる。

くらくらと幸せな酩酊に溺れる航介を、紅大路は優しく俯《うつぶ》せにさせて、うなじや背中にキスをした。航介の見えない場所に、キスの赤い痕がたくさん散っていく。背骨に沿って舌先で辿られると、ぞくぞくするような官能がまた沸き起こった。

「んん……っ、あぅ……っ……、あ――!」

無防備だった尻の狭間《はざま》に、紅大路の指が侵入してくる。くち、くち、と鳴る恥ずかしい音とともに、閉じた窄まりを抉じ開けて、彼はその指を埋めた。

「……あああ……っ! んくぅ……っ」

「園部くん――力を抜いて」

「ああ……っ、あうぅ」

「私は欲しがり過ぎるか? 君と愛し合いたい」

「……紅大路さん……」

欲しがり過ぎているのは、いったいどちらだろう。紅大路の指が、熱く蕩けた航介の体内を行き来している。もうそれだけでは足りない。彼の熱を覚えている航介の最奥が、指よりも滾《たぎ》るものを求めて、早く、早く、と待ち侘びている。

航介は息も絶え絶えに頷いて、震える体を起こした。腰を高く上げ、扇情的な格好になって、全てを紅大路に曝け出す。

「俺、も、あなたと、一つになりたい。あの日みたいに、あなたのことを、感じたい」

「園部くん」

「あなたが欲しいんです――」

私もだ、と情熱的な囁きが聞こえ、航介の中から指が引き抜かれた。無意識にひくついた窄まりに、紅大路の焼けるような切っ先が宛がわれる。

「……ああ……っ……、紅大路さん、――紅大路さん」

「君のことを愛しているよ」

「俺も、好き……っ」

隆々とした熱い塊が、想いを告げ合う二人を、一つにした。窄まりを押し開き、奥へと進んでくるそれを、啼きながら受け止める。理性も本能も焼き尽くすような、紅大路の想いの全てが、航介の体の奥深くで息づいた。

「あ……っ、んっ、……うう……っ、あぁん……っ！　あっ、ああっ！」

細い腰を摑まれ、律動に揺さぶられながら、航介は何度も声を上げた。

霊力を与えられるだけだった、初めて紅大路に抱かれた時とは違う。貪られ、奪われる激しさで、彼が腰をつき上げるたび、めちゃくちゃになっていく。

「いい――いい、紅大路さん……っ、ああ……っ、壊れる……っ」

がくん、がくん、と自分からも腰を振りながら、航介はシーツを握り締めた。

いっそ粉々に壊されて、紅大路と繋がったまま、彼の一部になりたい。もし人でないものになったとしても、きっと彼は変わらず航介を愛してくれるだろう。

肌と肌がぶつかる、ぱんっ、ぱんっ、と繰り返される情欲の音が、寝室の隅々まで響いていた。

朝陽とシーツに覆われた航介の視界に、紅大路は映っていない。航介は髪を振り乱した顔を後ろへ向けて、キスをせがんだ。

「紅大路、さん」

航介を抱きかかえ、胡坐《あぐら》の上に迎えた紅大路は、繋がったまま唇を重ねた。

後ろから膝を開かされると、支え切れなくなった自分の重みで、ずぶずぶといっそう深く貫かれる。搔き消えそうな意識の中で、航介はまた絶頂へと誘われていった。

「んんっ、んぅ……っ。はあっ、ああっ、……いい、いく――!」

「園部くん、一緒に」

「……はい……っ」

紅大路の律動が、航介の魂まで揺さぶるほど、ひときわ激しくなる。擦り上げられる体内の隘《あい》路《ろ》を、航介は感じるままに締めつけて、何度目かの精を放った。

「あああ……っ!」

きつく収斂《しゅうれん》した航介の最奥にも、紅大路から同じものが放たれる。間歇《かんけつ》的に注ぎ込まれる、

彼の情熱的な想いに燃やし尽くされて、航介は意識を遠のかせた。

「愛している」

「俺、も、紅大路さん――」

乞われるまま、紅大路とキスを交わして、瞳を閉じる。それから間もなく、朝陽の眩しさも届かない眠りの彼方へと、航介は恋人を連れて旅立っていった。

＊　＊

『多数の与党議員に、淫行疑惑が噴出。政界と芸能界の癒着が明らかに。大手芸能事務所「フォックスワン」を、売春斡旋《あっせん》容疑で近く家宅捜索か――』

刺激的な見出しが、『週刊パパラッチ』の表紙を飾ったのは、そろそろ秋の深まってきた頃だった。雑誌の花形、巻頭ページの写真には、航介が『フォックスワン』のイベントに潜入して撮った、未成年タレントの破廉恥《はれんち》な接待を受ける政治家たちの写真が使われている。心霊写真だったのを、紅大路に手伝ってもらって、航介自身が除霊したのだ。

「やっとスクープらしいスクープが撮れたな、園部」

「はいっ。先輩の厳しい指導のおかげです」

「ふん。お世辞はいいから、次だ次。クビになりたくなきゃ、またいいの撮ってこい」

丸めた『週刊パパラッチ』で、先輩に頭をぽすんと叩かれて、航介は苦笑した。幽霊のコロが怒って、仕返しに先輩の頭をがじがじ噛んでいる。

あのイベントの一件をきっかけに、父親の怨霊から解き放たれた紫藤陽一議員は、スキャンダルで世間を騒がせた責任を取って、議員辞職した。妻とも離婚し、これまでの実績をゼロに戻して、政治家として再出発をすることに決めたという。鳴海麻衣子も、無期限の活動休止を表明して、芸能界の表舞台から消えてしまった。

自分で自分の始末をつけた二人を、世間はそれなりに好意的に受け止めているようだ。復帰は早いと見込んで、マスコミは今も二人のスクープを追いかけている。

航介の妹の美咲は、今回のことで懲《こ》りたのか、『フォックスワン』のオーディションを正式に辞退した。アイドルになる夢はまだ持っていて、今度は別の芸能事務所に履歴書を送りたいらしい。でも、大学受験が終わるまでは勉強に本気で取り組むと、美咲は両親と約束を交わしている。兄としては、少しでもいい大学に入って、アイドルとは別の夢を探してほしい。それが本音だ。

「コロ、飛ばすからしっかり掴まってろよ」

「ウンッ！」

バイクの後ろにコロを乗せて、職場の駐輪場を出た航介は、スクープの褒美《ほうび》にもらった休暇を満喫しに、とある邸へと急いだ。そこは幽霊の執事やメイド、太刀の精霊に、小人の賢者、鬼神に付喪神までいる不思議な邸だ。人には見えないたくさんの者たちに囲まれて、邸の主人が航介のことを待っている。

都心の真ん中、森のように広がる緑の敷地に建つ、紅大路邸。その白亜の洋館のサロンには、いつも紅茶のいい香りが漂っている。猫脚のソファで寛ぐ主人のもとへと、航介はうきうきと弾む足取りで、カメラケースを揺らしながら駆け寄った。

「紅大路さん、こんにちは」

「やあ。待ちくたびれたよ」

「また心霊写真が撮れたので、除霊に協力してください。俺の手には負えなくて」

「――それでは、お礼は先にいただこう」

優しく手を引かれ、ソファに誘われた航介を、甘いキスの雨が包み込む。恋人たちの時間の始まりに、サロンの壁時計はオルゴールを鳴らして、二人のことを祝福していた。

END

紅大路邸のある日の風景

月光の煌《きら》めきを纏《まと》った、銀色の一振り。『霧緒《きりお》』は陰陽師《おんみょうじ》の総領として名を馳《は》せた、紅大路家《べにおおじ》の護《まも》り刀として、時の帝より賜《たまわ》った太刀である。長い年月のうちに、その太刀には精霊が宿り、変幻自在の姿で紅大路家当主の側仕《そばづか》えをするようになった。

「霧緒様、まだお休みになられないのですか」

「――ああ。乾《いぬい》の方位で気の乱れが起きている。出入り口や窓の注意を怠《おこた》らぬよう」

「承知いたしました」

丑三《うしみ》つ時。隙あらば入り込もうとする怨霊や物《もの》の怪《け》の類に、紅大路邸が最も狙われる時間帯だ。繁華街に多くのビルと店舗を所有する主人は、毎夜勤勉にオフィスへ赴《おもむ》く。邸は強力な結界で護られているが、主人不在の夜にトラブルが起きては、護り刀の名が廃《すた》る。

「結界を張り直す。主の御手を煩《わずら》わせぬよう、穢《けが》れた者の侵入は我々が防いでおかねば」

「はい」

ここは現当主、公威《きみたか》様の住まい。何よりも大切なその御方のためだけに、我々は存在するのだ。

紅大路邸の一日は長い。朝、東の空が白くなり始める前から、メイドたちは家事に勤《いそ》しむ。庭師たちは敷地内の樹木や花を手入れして回り、執事は主人のスケジュールを確かめ、来客への応対やその準備に努める。快適で滞《とどこお》りなく一日が過ぎていくのは、邸内で働く者たちの才覚の賜物《たまもの》であると、主人からお褒めの言葉をいただくこともしばしばだ。

主人の暮らしの世話をする家人たちは、みんな一見するとただの人である。性格は明るく朗《ほが》らかで、常に礼儀正しく、主人の名を貶《おとし》めることのないよう立ち居振る舞いにもそつがない。たった一点、霊体であることを除けば、他の邸と何も変わらないのだ――。

ドルンドルンドルン、敷地の中と外を分ける、紅大路邸の大きな門を、一台のバイクが通り抜ける。週に一度か二度訪れる客人だ。彼とその相棒が現れると、普段は静かなこの邸が、途端《とたん》に賑《にぎ》やかになる。

「いらっしゃいませ、園部《そのべ》様、コロさん」

「執事さん、こんにちは。また除霊の練習に寄らせてもらいました」

「オ邪魔シマース！」

週刊誌のカメラマンをしている園部航介と、愛犬のコロ。玄関ホールで出迎えたメイドたちの顔が、ぱっと華やいだような笑顔になった。彼女たちは、二人がこの邸に足繁《あししげ》く通ってくるうちに、親しくなったのだ。

「お二人とも、お待ちしておりました。すぐにお茶をお出ししますね」

「コロさんは、今日は何をして遊びますか？」

「僕モ航介《こうすけ》ト一緒ニ練習スルヨ！」

「まあ、えらい。コロさんがいい子で、園部様も頼もしく思ってらっしゃるでしょうね」

「はは。コロは人間の姿になれたくらいだから、俺よりずっと霊力の素質があるかも」

「エッヘン！」

柴犬の霊体でありながら、人の姿を手に入れたコロが、両手を腰にやって得意げな顔をしている。ペットが飼い主に向ける思慕や愛情を、彼ほど体現している存在はない。

天上には永久の楽園が待っているというのに、彼は死後も、飼い主のそばを離れなかった。生者と死者とに隔てられた二人が、こうして再び言葉を交わせるようになったのは、霊力と陰陽師の技があったからだ。

ただ、コロの飼い主の霊力の素質のなさには、呆《あき》れるばかりである。技や術を教え込むなら、コロの方がずっと手応えがあるだろう。

「園部様、主人は間もなくこちらへ戻られます。サロンの方でお待ちになられては？」

「はい、じゃあそうさせてもらいます。コロ、おいで」

「僕、オ庭ガイイナ。ダッテ芝生ヲ駆ケッコスルノ、楽シインダモン」

「それでは私たちがお相手いたしましょう。誰が一番速いか、競争ですよ？」

「ウンッ、負ケナイゾ！」

メイドたちが、コロを連れて庭先へと出ていく。二人がこの邸を初めて訪ねてきたのは、まだ秋の始まりの頃で、庭園の芝生は青々としていた。サロンの暖炉《だんろ》に火を入れて過ごす季節になってから、邸内が例年よりも暖かく感じるようになったのは、気のせいだろうか。

小春日和《こはるびより》の陽だまりに似た、心地のいい温度。それは雨の日でも小雪の舞う日でも変わりなく、冬の邸内を快適にさせている。日の神の恩恵か、暖炉の付喪神《つくもがみ》の仕業《しわざ》か、はてさてその真相は分からない。

執事が客人の気に入りの紅茶を淹《い》れると、芳《かぐわ》しい香りがサロンの隅々にまで広がった。頃合を見計らったかのように、厨房から、コックが焼いた熱々のアップルパイが届けられる。紅茶の香りに、パイの香りが甘く混ざり合ったところで、仕事を終えた主人が帰宅してきた。

「やあ、園部くん。来ていたのか」

「紅大路さん、お帰りなさい。お仕事お疲れ様でした」

「ああ。私にも紅茶を」

「公威様、先にお召し換えをされては――」

「いや、最高の客人だ。一分でも離れるのが惜しい」

主人は囁くようにそう言うと、寛《くつろ》いでいた客人の隣に腰を下ろした。猫脚のソファが小さく軋《きし》み、二人分の重みを受け止める。仕事着のスーツのまま、客人の肩を抱き寄せた主人は、心から彼の来訪を喜んでいる笑顔だった。

(なるほど。邸内を暖かくしているのは、園部様だったか)

霊力の素質はなくても、孤高の陰陽師をこんなにも幸福にさせる彼。我が主が求め、そして愛した、陽だまりの人。暖炉よりも暖かく、安らいだ気に包まれて、この邸にいつもの午後がやってくる。

END

あとがき

こんにちは、御堂なな子です。このたびは『キスから始まる除霊と恋～幽霊屋敷の男爵閣下～』をお手に取っていただきまして、ありがとうございます。人外の者たちがたくさん登場する賑やかな一冊になりましたが、お楽しみいただけていたら嬉しいです。

私は信念を持った主人公が好きで、今回の航介も、信じた道を一直線に突き進んでいくタイプです。ファインダーから覗く現実世界を写真にして生きてきた彼が、自分の目に見えない非現実な世界と遭遇した時、どんな物語が生まれるのか楽しみながら書きました。霊感のないカメラマンということで、航介は幽霊や怨霊を前にしても、かっこよくは対処できません。かっこいいところはもう一人の主人公、紅大路に担ってもらいました。

陰陽師を書くのは初めてだったので、資料を探しながら、少しずつ勉強をしました。もともと陰陽師が活躍する作品が好きで、自分が書くことになってとても嬉しかったです。祓いの術や真言などは、全部架空のものですので、ご注意ください。隆盛を極めた平安時代、男爵だった時代、現代と、紅大路家の当主は代々、自分だけの物語を持っていると思います。現代の紅大路家当主には、この先もぜひ、カメラマンとの甘い恋物語を綴っていってほしいです。

今作の発表にあたって、たくさんの方にお力添えをいただきました。素晴らしいイラストを提供してくださった、高世ナオキ先生。紅大路の静かな佇まいの中に、長い歴史に醸成された『紅大路家』の血脈を感じます。そしていつでも前向きな航介と、航介のことが大好きなワンコのコロを描いてくださって、ありがとうございました。先生のイラストがなくては、今作の世界は作り出せなかったと思います。このたびはお忙しい中、本当にありがとうございました。

担当様。回り道ばかりして、なかなか進まなかった原稿を、寛大な御心で待ってくださってありがとうございました。このたびはご迷惑ばかりかけて、申し訳ありませんでした。

あとがきの常連Yちゃん。ずっと前に、Yちゃんに勧められて陰陽師の本を読んだことを思い出しました。いい資料を教えてくれてありがとう。今回もすごく助けられました。

最後になりましたが、読者の皆様、ここまでお付き合いくださってありがとうございました！

実は今作が、私の三十冊目の書籍となります。自由で楽しいボーイズラブの世界に、自分の小説を何年も発表し続けてこられたのは、ひとえに皆様のおかげです。たくさんの幸せな瞬間を体験させていただき、ありがとうございました。心から御礼申し上げます。

それでは、皆様ごきげんよう。またいつか、どこかでお会いできたら嬉しいです。

御堂なな子

◆初出一覧◆

キスから始まる除霊と恋 ～幽霊屋敷の男爵閣下～　／書き下ろし
紅大路邸のある日の風景　／書き下ろし

ビーボーイノベルズをお買い上げ
いただきありがとうございます。
この本を読んでのご意見・ご感想
をお待ちしております。

〒162-0825 東京都新宿区神楽坂6-46
ローベル神楽坂ビル4F
株式会社リブレ内 編集部

アンケート受付中
リブレ公式サイト http://libre-inc.co.jp
TOPページの「アンケート」からお入りください。

BBN
B•BOY NOVELS

キスから始まる除霊と恋 ～幽霊屋敷の男爵閣下～

2018年1月20日 第1刷発行
著者——御堂なな子

発行者——太田歳子
発行所——株式会社リブレ
〒162-0825
東京都新宿区神楽坂6-46ローベル神楽坂ビル
営業 電話03(3235)7405 FAX 03(3235)0342
編集 電話03(3235)0317
印刷所——株式会社光邦

この書籍の用紙は全て日本製紙株式会社の製品を使用しております。

Printed in Japan
ISBN 978-4-7997-3289-2